半藤末利子

硝子戸のうちそと

HANDO, Mariko

講談社

目次

漱石山房記念館

一族の周辺

硝子戸のうちそと

まちと仲間と

人みな逝く者

年を取るということ

夫を送る

あとがき

初出一覧

硝子戸のうちそと

漱石山房記念館

整備検討会にて

二〇一五年八月二日の午後、猛暑の真っ只中、私は新宿区の榎町地域センターに呼び出された。漱石記念館整備検討会に出席するためである。

早稲田南町に三百四十坪ほどの土地があって、そこに明治三十年ごろに建てられた六十坪ほどの家がある。漱石は明治四十年から大正五年に没するまでの九年間をこの家で暮らした。この家の漱石の書斎と弟子たちが集まった客間を漱石山房という。

現在のこの土地の所有者は新宿区。南面に四階建ての区営アパートが建てられ、北側は漱石公園となっていた。一応ブランコやすべり台などが置かれ公園の体をなしているが、冬は日当たりも期待できず、全体に薄暗くて陰気臭いからか、子どもたちの姿はまばらであった。

新宿区が漱石山房を復元しようと思い立ち、遺族代表として、私が当時の区長をはじめとする区の担当者に初めて声をかけられたのは二〇〇五年の暮ではなかったかと記憶する。そもそもは東京都が公園整備など緑化運動の一環としてウン千万円を支給する、ということから始まった。

たまたま夏目家在住のころからあった隣地境界の石垣が崩れかけてきたので修繕し、樹木なども植え足した。そしてそれならいっそ長期に及ぶことになるけれども、ここにかつての漱石山房（漱石の書斎と客間）を新しく建てたらどうだろうということになった。漱石は疑いもなく新宿区に生まれ新宿区で亡くなった。その後、その集いは「整備検討会」となって、私も遺族の代表としてよばれ、定期的に話し合いが行われるようになったのである。

このアパートの耐震年数も切れたから、代替の居住地を用意しそこに漱石記念館を建てたらどうだろうという話が持ち上がったのは、二〇〇五年。そして二〇〇七年には、議会で新宿区議全員が一致して「漱石山房」を建てることに賛同した。計画は本格的になったのである。私は少なからず驚き、恐れさえも感じた。それからトントン拍子に建設する方向に計画は向かい、とうとう四階建てのアパートが撤去されるまでにいたった。

さらに新宿区埋蔵文化財取扱要綱に基づき、整備予定地が一千平米を越えることから試掘調査を行った。すると近年の所産（少くとも大正以降）と考えられる遺構が検出された。石質は房総半島から三浦半島に産する凝灰岩《ぎょうかいがん》で房州石《ぼうしゅういし》とも呼ばれるもので、石材の片面にはモルタルが塗布されていた。漱石が晩年の九年間を住んだ漱石山房のあった最初の家のものではなく、漱石亡き後、鏡子夫人が大正八年から約一年がかりで建てた、以前の家の三倍はある豪邸の基礎石であるらしい。

この石の調査で時間がかかったので記念館の完成も予定より遅れるとの報告が区側からなされるべく、本日の整備検討会となったわけである。

まず区が用意した土の上に置かれた凝灰岩の写真を見てから、続いて記念館の模型の写真や設計図が掲載されている用紙が配付され、各自それに見入りながら設計者の説明を聞いた。文京区の森鷗外記念館が全体的に暗い印象を与えているので、こちらは明るい建物にしたいというのが前区長の要望であったようで、図面や写真を見る限りにおいては明るい建物になっていた。ようやくここまで辿りついたのか、という一種の感慨のようなものが湧いた。

それから出席者一人一人の感想というか意見を求められた。私はボーとしながら写真を眺めていたので、「では半藤さんどうぞ」と指名された時には大あわてで、トンチンカンな返答をした。

祖母鏡子が建てた大きな家は一九四五年五月にアメリカの空爆を受けて焼失した。私はその時九歳であったから、誰かが連れて行ってくれさえすれば、その家を見るチャンスはいくらでもあったのにと残念でならないなどと……。よしんば家を見たところで凝灰岩が基礎石に使われていたなんてことはわかりっこないのに。

私の隣に座っていらした貫禄のあるご婦人は「写真を拝見すると、とても良い館ができそうで楽しみです」と言われた。次の出席者もその次の方も肯定的で好意的な意見を述べ、似たような感想が続いた。

この会のメンバーは、漱石研究家すなわち学者、設計家、教育委員や自ら応募して区から選ばれた近隣住民の方たちである。後ろから三番目ぐらいの席に着いていた六十代か七十代の和服姿の年輩の品の良い男性が指名されるや否や、待ってましたとばかりに大声で、しかも声を荒らげて喋り始めた。

「漱石がどんなに売れっ子で偉いか知らないが、私たち近隣住民はもの凄い迷惑を被っています」

小さな木造家屋をこわすのだって近隣の人には迷惑をかけるが、四階建ての鉄筋アパートを解体する工事は生はんかなものではなかったことであろう。静かな住宅街が長期間に亘ってドエライ騒音にかき乱されたのである。

「朝から晩までこの狭い道路にたくさんの車が出入りする。その五月蠅《うるさ》いったらなかったんだ！　いま現在だって土埃《つちぼこり》で家の中はザラザラしている。これから建設工事が始まったら、またもっとやかましくなるでしょう。館が完成して大勢の人たちが見物にほうぼうからくるようになったらどうするんですか。この狭い道路に大型観光バスなんかが入ってきたって駐車する場所なんてありやしない」

とやるかたない憤懣《ふんまん》をぶちまけっ放しであった。

私が最初のころ懸念していたのは、バブル期でもない経済の逼迫《ひっぱく》している今、こういうものを作るのはいかがなものか、ということであった。元総理故田中角栄氏が豪邸を得た時には、周辺の住宅を高い引越料をつけて相場以上の値段で買い取ったから、誰も文句を言う人はいなかったという。

だいたいが文学館、記念館、あるいは文学賞のようなものほど金喰い虫はないと私は思っていた。しかも災害などが起きてもこれらは何の役にも立たない。今の財政逼迫時にそんな贅沢なものを建てる必要はあるまい、という気持が私にはあった。

その一方で十年も先に完成するようなものなら私はそのころにはもう生きていないかもしれないという思いも湧き、毎回会に出席したが、すこぶる無責任で大胆な発言をしていた。たとえば、「どうせお建てになるなら、全国的な寄付を募るとかして、ミニチュア版とかケチなものを造るのは止めましょうよ」とか「造るなら本格的な実物に近いものを造った方がいいですよ。そうすれば区長さんのお名前が文化区長として末長く歴史に残りますよ」とけしかけたりした。

新宿区も近隣住民の家を買い上げて道路を拡張し、高田馬場からの循環バスを出せるほどの力を持っていれば、近隣住民にかけた、あるいはかけるであろう迷惑を還元できたかもしれないのに、と残念に思う。さりとて、ここまで計画が進められてきたのに、今さら協力を止めることもできない。どうしたらいいか私の悩みは深まる一方となる。

さてさて、いま和服の紳士の憤懣やる方ない述懐を聞き、私は、まったくもってその通りと心の中で叫ぶのである。しかしながら、板挟みというかジレンマというか、悩みに悩んでいるほかに非力の私には何もできない。それで酷暑をいっそう暑く感じるのである。

素晴らしい建物を前に

二〇一七年九月二十四日の一般公開に先立って、前日二十三日、関係者が新しい館で一堂に会し、記念館の完成を祝う会がひらかれた。

場所は漱石終焉の地である新宿区早稲田南町。広さ約三百四十坪の土地の所有者は新宿区である。長いこと南面には四階建ての区営アパートが聳《そび》え、北側には子どもの遊具などが置かれていて、漱石公園として使われていた。が、北側は、冬は特に早々と日が沈むので薄暗く寒々としていたから、子どもたちの姿もまばらで寂しげであった。子どもの遊び場は南側に置くべきではないのかなあ、と私はしみじみ思ったものである。

四階建てのアパートが取り払われて二階建ての記念館へと入れ替るのは、近隣住民にとってあるいはよいことではなかったかなと思う。それが北側であるとしても家の前に広がる視界がパッと開けるというのは心地良いものであろう。

「完成を祝う会」の出席者は漱石山房を漱石終焉の地に建てることを提案した中山弘子《なかやまひろこ》前

新宿区長、その意志を継いで建ち上げた吉住健一《よしずみけんいち》現区長、区議会議長などなど。それに漱石の代表作「吾輩は猫である」「坊っちゃん」「草枕」などが書かれたという理由で文京区長が呼ばれているので面白いと思った。文京区には森鷗外記念館もあることである。

吉住区長がまず挨拶をし、外部の方々が祝辞を述べた。その日の一週間前に名誉館長に任命されていた私もつづいて挨拶をした。予想をはるかに上まわるステキな記念館の出来栄えにひたすら驚いた私の第一声は「素晴らしい建物ですね!」であった。

いちばん最初にこの計画を聞かされた時にはどうせこんな大計画は計画倒れに終るだろう、と高を括っていたのであるが、話し合いを重ねるたびに計画は前進していった。それでもなお私は、バブル時に造られた各地の文学館や記念館の運営が青息吐息なのに、時代に逆行するようなことをして大丈夫なのかしら? という懸念を抱いていたが、いま私が立っている館の外観は洒落ていて超ステキなのである。感動のあまり、「立派ですねー」のほか何も言えなくなってしまった。それで私は会に出席している私と同じ漱石の孫である私の従妹たちと漱石と特に親しかったお弟子さんの遺族の方々を皆に紹介した。一緒に喜びたかったからである。

記念館は、南面一面がガラス張りになっているから、ガラスの玄関扉を開けて一歩中に足を踏み入れた途端、明るい! と感じさせる。それでいて奇《き》を衒《てら》ったところやお高くとまっているところがまるでなく、むしろあっさりと簡素で、実用性に富んでいる。玄関を入ってすぐのスペースはブックカフェになっている。本棚が並びその前に細長いテーブルがあって、その後ろに椅子が置かれている。コーヒー（有料）を飲みながら本棚から自由に取り出した本が読めるようになっているのである。私が早稲田南町に住んでいたら、ここを応接間と決め、ここで来客と打ち合わせをしたり、インタビューを受けたりするだろう。

記念館や文学館の中には、閉鎖的で外を遮断した仰々しいものもあるが、ここは開放的であるから近所の方にもきっと役立つのではないだろうか。館内からは表がまる見えで、町に溶け込んでいる感じ。災害が起きてもここなら大勢の人が避難できそうである。

同じ階に漱石の生涯、人物像、家族像など、漱石を知る上での基礎となる情報が紹介されている。ここまでは無料である。そこを通り越して右手奥に進むと漱石山房を復元した漱石の書斎と隣室の客間（こちらには畳を敷いてほしかったが）と、これら二部屋を取り囲む回廊が再現されている。ここからがいわゆる記念館というわけで、入場料大人三百円子ども百円を払わなければならない。

何しろ旧《ふる》い山房そのものを見た人は一人も生きていない。漱石研究家の先生方や建築家の先生方が、写真や書かれた文章を参考にして建ち上げたものであるから、まったく実物と違うということだってあり得る。逆にそっくりそのままとはいかないまでも、かなりそれらしき雰囲気を醸し出しているものが造られているかもしれない。訪れる人の誰にもこれは本物そっくりだ、と判定できる人がいないわけで、こればかりは何とも申しかねる。

順路の印に導かれて二階に上ると展示室があって、漱石の遺品やハガキなどが上手に展示されている。

地階には、漱石作品や関連図書を約三千五百冊揃えた図書室や展示室や講演会、朗読会、映画鑑賞会などのための各部屋がある。

館の裏側には植込みに囲まれた庭があり、そこに道草庵という東屋《あずまや》風の建て物と少し離れたところに猫塚がある。もともとはこの猫塚の下に、名もなき猫のみならず飼犬ヘクトーや文鳥などが埋骨されていた。今は別の場所に移されたから下には何の骨も埋っていないであろう。この塚（九重の塔）は、漱石亡き後、私の父松岡譲《まつおかゆずる》が奈良の古塔に則《のっと》って設計し、漱石夫人鏡子が建立したものであった。戦災で猛火を浴びて痛めつけられたので、今は石に彫られた文様や字などが消え、角張った石の角が削られて、そろっていない、不格好な丸い石をただ積み重ねただけの哀れな姿になっている。それが何とも残念に思える。

この庭にも漱石の胸像の置かれている入り口から真っ直ぐに突き進めば料金なしで入れ

るのである。高い塀をぐるりと廻したり、門扉をつけたりしていないから気楽に散歩ができる。このように建物そのものも外まわりも、いかめしさや無駄がなくてゆったりとした余裕を感じさせ、素晴らしいの一語に尽きる。

案の定というか、二十四日の一般公開の日には千六百人もの入場者があり、表で待っていただくほかはなく、長い列ができたという。その週の土・日は七、八百人の入場者が詰めかけ、区は嬉しい悲鳴をあげたそうな。

漱石生誕の地でもあり、終焉の地でもある新宿に、新宿区が「漱石記念館」を建ち上げてくれたのは、莫大な費用もかかったのであるが、いまは何となくごく自然なことのようにも思えてくるのである。たしかに「漱石山房記念館」は完成したのである。ほぼ十一年の年月がかかったが、なんと、私はまだ生きている。長生きはするものだの感がないでもない。

漱石の遺品、資料など館の財産を徐々に増やし、いま現在の状態が末長く続いてほしい。単なる箱物として終ることなくいつまでも館が栄えてほしい。館の中や近くに食べ物屋がないとその館が廃れると聞いたから、将来はサンドイッチかカレーライスぐらいは食べられるようにしてほしい。

場所が交通的には悪いのが難点ではあるが、この上は、お宝（漱石の原稿や書画や関連資料）と入館者がどんどん増えて、ここで漱石の人となりや文学の素晴らしさを学ばれる人の多くなることをひたすら祈ってやまない。

新宿区には、親族の一人として心からお礼を申し上げます。読者の皆さまも興味がおありでしたら一度訪れていただければ嬉しいです。

女傑

一口で言うと祖母は女傑であった。ものにいっさい動じない人である。背は低いがでっぷりと肥えていて、茶の間の床柱を背にテーブルを前にしてでんと座っている姿は貫禄と威厳に満ちていた。紛れもなくこの家の主《あるじ》であることを証明するかのように。

昭和十年生れの私が少女時代にはまだ二人の叔母と二人の叔父が三十代の後半か四十歳を越えていたが、四人とも働いてはいなかったし結婚もしていなかった。祖母は大きな羽根を持つ雌鳥で、その羽根の下でぬくぬくと暖まる雛鳥のような存在で、祖母が子どもにはめっぽう甘いので彼らは好き放題に暮していた。まことに非生産的な家であった。そのころは常時三人のお手伝いがいたから、祖母と二人の叔母たちが家事をするのは稀であった。私の母も四十歳を過ぎるまでご飯すら炊けない主婦であった。でもそのころ、祖母の経済状態はかなり傾きかけていたのである。このころ祖母たちは池上に住んでいた。

私が祖母を母の母と認識できたのは三、四歳のころではなかったか。祖母は幼い私の目にも手強《てごわ》そうに映ったから、私は祖母の前で駄々をこねたり、おいたをしたことはなかった。したがって叱られた記憶もない。祖母にとっては、私はさほど大切な孫ではなかった。吾が家には私の上に姉二人と兄二人がいて、私は五番目の子であった。母のすぐ下の妹恒子にも三人の子どもがいたから、祖母からみると私は八番目の孫である。

母が私の懐妊を告げると、「よかったね」と言う替りに「お前、もういい加減におしよ」と言ったという。「もう飽きたよ」とか「うんざりだよ」と言われるよりはましだが鏡子にとって私はその程度の孫なのである。

でも現実に生れてしまって目の前に現れれば可愛くないことはない。人並みに私が訪ねることを喜んでくれた。兄と私が遊びに行くと、まだ明るいうちから「新児《しんじ》、末利子お風呂だよ」と呼びかける。「ハーイ」と二人で湯殿に向かう鏡子に従《つ》いていく。祖母は兄と私の体をくりくりと洗ってくれるのだが、扱いがちょっと乱暴で痛いのには閉口させられた。あのころ祖母は以前ほど金回りもよくなくなって、家にじっとしているのにも飽き飽きしていたのであろう。一時《いっとき》は七人もの自分の子どもたちを風呂に入れていた遠い昔を思い出して懐かしんでいたのかもしれない。

祖母にとって目の中に入れても痛くない最愛の孫は、私の長姉明子《めいこ》である。漱石は大正五年に没したが、初孫の明子は大正八年に生れている。一家の大事な大事な大黒柱を失って、さすが気丈な鏡子も人にこそ涙を見せなかったものの心身共に力が抜け、その脱力状態からなかなか抜け出すことはできなかった。ヤンチャ盛りの男の子が二人もいたのだが、やはり一家は沈みがちで湿っぽく薄暗かった。そこへ新しい生命が誕生したのである。鏡子のみならず家中にパッと灯が点ったのである。

鏡子は明子を抱きしめ、頬擦りを繰り返す。あまりに執拗なのでしまいには明子が小さな手で鏡子の顔を押しながらのけぞってむずかり出す。私は鏡子からそんなことをしてもらったことはない。吾が家は五人姉兄《きょうだい》だが、上三人は早稲田南町の家で生れ育った。一緒に暮したぶん情が移り、離れて暮す孫より可愛かったことであろう。

八番目の私を最後に孫の誕生はしばらく途絶えていた。七、八年後に漱石の次男伸六《しんろく》叔父の長女が生れ、初めての息子の子どもだったので皆もの珍しがったが鏡子以上に叔母たちが可愛がっていた。私の後《あと》に六人の孫が生れ、全部で十四人となった。

そして、終戦の年に、長男の純一《じゅんいち》叔父の長女千恵子が生れた。日本が混乱期であったから純一夫人嘉米子《かめこ》は産院には入院できなかった。ある日、その嘉米子が突然、産気づいてしまった。広い家の中には嘉米子と鏡子しかいなかった。さっそくお産婆さんに電話をかけたがあいにく留守である。こうなると、祖母が取り上げお産婆さんの役を引き受けざるを得ない。家中のガーゼや脱脂綿やタオルを集めたり、大鍋ややかんで湯を沸かしたりと、一人で大童《おおわらわ》の大活躍。気が付いたらガーゼとタオルに包まれた赤ん坊が鏡子の腕の中にいた。「その時ね、嘉米子さんたらシクシク泣くんだよ。だから『あなた、何も泣くこたあないじゃないの』と言ってやったんだけどさ」と嘉米子がいとおしくてたまらないという風に鏡子は頬を緩ませた。だから鏡子は千恵子が可愛くてどうしようもなかった。晩年、千恵子が祖母に顔を見せないと、「千恵子来ないかねー」と首を長くして待ち望んだという。

　年ごろになって、私がボーイフレンドを連れて行ったら、祖母はいつもと変わらず、びっくりもせず喜びもせず、愛想を振りまくでもなく「今日は私がご飯を作ったげるよ」と台所に入った。その日は叔母もお手伝いもいなかったから、祖母は浴衣《ゆかた》にたすき掛けでせっせと米をとぎおこわを炊いてくれた。物のない時代だったので、ごま塩がかかっていなかったがその美味しいったらなかった。ボーイフレンドも感激していた。祖母は「あなたどこの学校？」とか「どこに住んでるの？」とかいっさい訊かない。そんなことはどうでもよくて、祖母はただただ私を祝福したかっただけなのである。と、今ごろになって祖母の心遣いに打たれている。

鏡子さんは味音痴

私の祖母夏目鏡子は料理下手であったらしい。鏡子は、いつか、「夏目（漱石）は美味しいもの好きでしたのに、私が味に無頓着の方でしたので、気の毒なことをいたしました」

とどこかに書いていた。子どものころ私は祖母の料理をめったに食べたことはなかったが、それほどまずいと感じたことはなかった。ありきたりのお惣菜だったように思う。

孫たちが来たのだからと、自ら台所に立って陣頭指揮をとって、孫たちの喜びそうなものを作ろうなどとは思わない人であった。むしろ年を取ったから（と言っても六十代、七十代であったけれど）一緒に暮らしていた栄子叔母と、お手伝いまかせであったように記憶する。私の母筆子に言わせれば、「お祖母ちゃまって熱くても冷たくともどっちでもいいのよ」だそうである。父が結婚して夏目家の人々と一緒に住むようになった時、父が夕食を食べずに遅く帰宅したりして、母が煮物や澄《すま》し汁などを温めようとすると、「そんな面倒はおよしよ。女中にさせればいいじゃないか」と口を挟むので、とても嫌だったと言っていた。新妻が愛する夫に温かい食事を食べさせたいのはごく自然のことなのに。

漱石は自分の夫で、しかも一家の主だから、婿よりは大切に扱われていたであろうが、推して知るべしであろう。漱石の神経症のために暴力をふるわれ、いつも絶対的に鏡子の味方をする筆子が、食事に関してだけは「あれではお祖父ちゃまがかわいそうな時もあったわよ」と漱石の肩を持つことがあった。私は飽食のこの時代にはむしろ良いお菜ではなかったか、と思うのだが。

でもおみおつけはフーフー吹きながら飲むほど熱い方が美味しいし、煮物や焼魚だって熱い方が美味しいに決まっている。冷やっこなどは冷たければ冷たいほど美味しいと思う。

それで筆子は鏡子を反面教師として、自分は夫や子どもたちに美味しいものを食べさせたくて料理を習いに行ったり、ずらりと料理本を並べたり、新聞や雑誌の料理記事を切り抜いてノートに貼ったりしていた。料理に関しては工夫を凝らしたり、研究するのが大好きであった。

子どものころ、食事時がくると何回も台所へ「まだあ?」と覗きに行ったものだが、吾が家の夕食は遅くて、母の作ったご馳走は食べずに、炒り卵と米飯を混ぜてもらうとか、糠漬けのかぶの葉を細かく刻んで米飯と混ぜてのりで巻いてもらうとか、大人たちより先にご飯を食べていた。

お客様の時は、母はさらに腕によりをかけて料理をしていた。それに比べて鏡子はお客さま（主に毎週木曜日に集まる弟子たち）がくる時は、ほとんど神楽坂《かぐらざか》の川鉄から鴨鍋をとっていた。鏡子は店屋物を取ることしか考えていなかったようで、子どもが熱を出して食欲不振の時にはコンソメスープを洋食屋から取ったり、漱石がビーフステーキを食べたいと言うと、やはりそこから取ったりしていた。

その点、森鷗外先生はお弟子さんを招く時、細かいレシピをドイツ語で作製しておいて、奥様に手渡したと言われている。もしその当時そうと知ったら、どんなに漱石は羨ましいと感じたであろう。

漱石はこってりしたもの、甘いものが好きであったが、鏡子も甘党であった。昭和三十三、四年のころであったろうか、世の中はまだ贅沢とはほど遠い時代であった。どこの商店街にも百匁いくらと計り売りの駄菓子や、おこわや安っぽい和菓子を売っているあまり小綺麗ではない店がまだ何軒かあった。あれだけ入っていた印税がもはや切れてしまったし（当時は版権が三十年）、浪費しまくったので、鏡子は手元不如意になっていた。

それでも甘いもの好きだから、私が訪ねると、がま口から小銭を出して近くの商店街の安物のもち菓子を私の分も含めて「五つ買っといで」と言って鏡子は私に買いにやらせるのである。それは私に良い店のものと比べたら「がた落ちだなあ」と思わせる味だった。でも鏡子は旺盛な食欲を見せてパクパクと美味しそうに食べていた。

そのころのこと、漱石の長男の純一が桐箱入りの虎屋のようかんをおみやげに持って鏡子を訪れたら、

「なんだい純一ちゃん。桐箱なんかもったいないじゃないか。だいいち水臭いよ」

と鏡子に叱られたという。次に鏡子の家に行く時は、ただ包装紙に包んでもらって持って行った。すると、

「なんだい。純一ちゃんはケチだねー。おみやげなんだから桐箱に入れて持ってくるもんだよ」

と、またまた叱られたそうな。「俺、どうしたらいいかわかんねえよ」と困り果てた顔をしていた叔父のことを思い出す。鏡子にとっては、老舗《しにせ》の味も安ものの味も味に関する限りは同じだったのではあるまいか、と今思う。

ドラマ「夏目漱石の妻」

ＮＨＫから電話がかかってきて「夏目漱石の妻」というドラマを作りたい、ついては『漱石の思い出』（私の祖母夏目鏡子述、私の父松岡譲筆録）を原作として使わせていただきたいのでご了承下さい、と言った。この本の著作権の所有者は、今は私になっているからである。

今までにも久世光彦《くぜてるひこ》先生をはじめ、漱石家を主題にして撮られたドラマはいくつかあった。その中で、三十年ぐらいも前に撮られたドラマがあったが、私は細かいことはすべて忘れて、森雅之《もりまさゆき》という俳優さんが出ていたことしか記憶していない。

ただし久世先生の作品は『漱石の思い出』のほかに拙作『夏目家の糠《ぬか》みそ』も原作に加えて下さって、私に驚くべき高額な原作料をお支払い下さったので、何年経とうが忘れようたって忘れられない。それと若くて可愛らしい宮沢りえさんを鏡子役に起用して下さったことも感謝に堪えない。日本髪に手拭いを巻いてタスキ掛けではたきをかけているりえさんのかいがいしさは今でも目に焼きついている。

「鏡子さんてこんなに可愛い奥さんだったの」と視聴者の皆さんが思って下さったであろう。しかし、その後でりえさんが着物を端折《はしょ》って「お控えなすって」と啖呵を切ったのにはブッタマゲた。ああ、原作料が目が飛び出るほど高かったのはこのシーンのせいか、と納得した。

とにかく今年（二〇一六年）は夏目漱石死後百年、来年は生誕百五十年ということで、二年連続でさまざまな漱石に関する行事が催される予定になっている。このテレビドラマの制作もその一環である。

それから二回ほどプロデューサーのＹさんが拙宅にきた。私は「どのようにお作りになってもよろしいのですが、できたら深刻ではない、楽しいドラマにして下さい。鏡子という人は大らかで明るい女性ですから」と頼むと、「ええ、こちらもそのように考えております。エンターテイメントホームドラマというように仕上げたいと思っていますから」とＹさんは言った。

撮影現場も見に行った。午後二時ごろ行ったのだが、午前のビデオ撮りの時には鏡子の父親役の舘《たち》ひろしさんがいらしたと聞いてがっかりした。鏡子役の尾野真千子《おのまちこ》さんと漱石役の長谷川博己《はせがわひろき》さんを紹介された。私が抱いていたイメージと丸っきり違っていたが、二人とも実力派俳優と言われているそうな。それならば、ということで本番のドラマに大いに期待することにした。

しばらく経ったある日、拙宅にインタビュアーとカメラマンがやってきた。NHKのテレビ番組を紹介する『ステラ』という雑誌に私のインタビューを掲載するためである。インタビュアーの最初の質問は「このテレビドラマが作られるとお聞きになって、どう思われました?」であった。私はそろそろ祖母のことを書こうと思っていた矢先だったので、「拙著を原作にして今度のドラマを作っていただきたかったわ」と拗ねたような調子で言うと、インタビュアーもカメラマンも困った顔をしていたが、次に私が「祖母は堂々とした、貫禄のある、とにかく面白い人でしたよ」と述べたことなどを上手にまとめたものを、後日送られてきた『ステラ』で読んだ。

そしてドラマは予定通りに始まった。放映の日が来た。漱石夫人鏡子のイメージが、私の頭の中で女優さんと重ならなかったのでちょっと戸惑いを感じたが、一回目、二回目はまあまあ及第点を上げても良いと思えた。しかし三回目はひどかった。ストーリーやセリフはともかく、時代考証、特に衣装が納得いかなかったのである。

半巾《はんはば》の帯に色足袋《いろたび》で出てきた鏡子を見て私は腰を抜かしそうになった。そういうことは絶対にあり得ない。漱石がいくら上流階級の出でなくても鏡子のような中流層の婦人があんな身なりで外出したり、客人を出迎えたりすることなどあり得ない。夏目家でもわが家でもお客様をお出迎えする時は、お手伝いさんだって白足袋に普通の幅広の帯を締めていた。それを観ただけでもうストーリーなんてどうでもよくなってスイッチを切ってしまった。昔を知らない、知ろうとしない人にテレビドラマなんて作ってほしくないな、とつくづく思った。

申し遅れましたが、原作として今回使用されている『漱石の思い出』は漱石好きの人にとっては必読の名著であります。家庭における漱石の素顔が漱石夫人の客観的な視線で見事に語られ、それを聞き取る私の父松岡譲が細心の注意を払って、漱石の作品順にいろいろな出来事を追っていきます。たとえば、その作品が書かれている時にはこういうことがあった、とか、こういう人の話を元にしてあの作品が生れたとか、その時の妻は？　子どもたちは？　などなど興味の尽きないエピソードが一杯つまっています。私が著作権を継承していますので、あえてお願いするのですが、ぜひとも買って読んでください。文春文庫になっています。

綺麗四題

ある日、私の次姉陽子が、鏡子にお使いを命ぜられて、漱石のお弟子の松浦嘉一《まつうらかいち》氏にお会いすることになった。用件を済ますと帰りがけに、松浦氏が「ところでお嬢さんは奥さん（鏡子のこと）とそっくりですね」とおっしゃったとか。祖母も姉も色白でぶくぶく肥えているところがよく似ていた。陽子は私たち姉兄《きょうだい》の中でいちばん不器量であったのはたしかである。

次姉が帰宅してからそのことを祖母に告げると、鏡子はひどく憤慨して「よしておくれ！　冗談お言いでないよ。あたしゃお前みたいに不細工じゃなかったよ」とピシャッと撥ねつけた。姉も腹が立つより先にオカシサが込み上げてきて、「あら、おばあさまったら、ショッテルわねえ」と吹き出しながら言い返したそうであるが、私は大笑いしてしまった。

やはり漱石のお弟子さんの内田百閒《うちだひゃっけん》氏が、ある日、年ごろになった私の母筆子（漱石の長女）と次女恒子をつくづくと眺めながら、「いずれあやめか、かきつばた」と評したという。これは優劣つけがたいほど両人とも美しい、という意味である。私には二人とも絶世の美女とまではいかないまでも、そこそこ美しい女性に見えたから、これはあながち百閒さんのお世辞であったとは言えまい。

たしかに二人ともほっそりとした身体《からだ》つきで、細面で鼻筋がすーっと高く通っていた。瞳が大きく、色白であったから、美人の部類に入れていただいてもよかったのかもしれない。

しかし私の母は、結婚前にある人の小説が原因で、人騒がせなスキャンダルの主人公にさせられたせいで、自分の容姿に触れられることに必要以上に神経質になっていて、たまに私が「〇〇さんがママのこと綺麗だって言ってたわよ」と言おうものなら「冗談じゃないわよ。私が綺麗なわけないじゃないの！」と凄い剣幕で叱ったりした。だから私は、母は綺麗ではないのだ、と思っていた。いや思わされて育ったと言うべきか。

それはさておいて、百閒氏の言葉を聞いた後で、母のきょうだいたちが一堂に会する機会があり、「誰がいちばん綺麗だろう？」という話に花が咲き、盛り上がった。おそらく母は「私は綺麗でなんかないわよ」と必死で否定して話にまざるまいとしたと思う。

ひとしきりその騒ぎが静まると、いままでその輪の中に入らずに遠くに座っていた鏡子が、すっと立ち上がって、つかつかと皆の傍へ寄ってきて、

「私がいちばん綺麗だったよ」
と皆を見下しながら言い放った、という。皆、啞然として顔を見合わせたが、次の瞬間大爆笑が起こった。

次は従姉の昉子《あきこ》から聞いた話である。昉子は、漱石の次女の恒子の長女で、恒子亡き後、夏目家に引き取られ、鏡子たちと一緒に暮らしていた。

ある時、鏡子の妹時子《ときこ》が夫婦で夏目家を訪れた。時子のご主人鈴木《すずき》禎次《ていじ》氏は日本でも有数の建築家であり、人柄も良く立派な人なのだが女性に弱いという欠点があった。それで時子夫人には頭が上がらず「おとき、おとき」と時子を奉るように大切に扱っていた。時子の方もご主人には威張っていたそうである。その日も昉子に向かって、
「ねえ、昉子さん、おばさんを見てごらん。綺麗じゃないか。ね、綺麗だろう、おばさんは」
と何度も念を押すように言った。昉子は「また叔父さまがお手伝いさんに手をつけたのかなってすぐわかったわ」と言っていた。

ところが、それまで黙って傍らに座っていた鏡子が、鈴木氏の言葉を全否定するように
「若い時は私の方がずっと綺麗だったんだよ」と言い放った。その時そこに居合わせた人たちはみな呆気にとられた後、笑い崩れたという。

昉子は、私の半分ぐらいかなと思えるほどに痩せていて手足も首もほっそりとして、し

なやかである。洋服も和服も上手に着こなしてステキだから、私もあんなに足が細くて体が痩せていたらいいなあ、といつも羨ましく思っていた。ところが祖母にかかると、「昉子、なんだい、お前の足は細過ぎるじゃないか。まるで鶏《とり》がらみたいで気味が悪いったらありゃしないよ。何とかしておくれでないかい」と大声で批判する。気の弱い昉子は「そんなことおっしゃられても、私にはどうにも出来ないわ」と泣きそうな顔をした。その場にいる人たちは、そんな昉子には充分同情を寄せるのだが、鏡子の言葉に驚きあきれて、大笑いをしてしまうほかなかった。

私自身は鏡子を特別な美人とは思ったことがない。貫禄と品格と威厳を兼ね備えた女性《ひと》であったことは、幼な心にも感じていたけれど。

祖母は自分の娘たちより自分の方が美しかったと確信していたが、漱石に関しては、ベタ惚れで「お父様はお洒落な方だったよ。高い衿《ハイカラー》をきちっとおつけになってね」と手を首のまわりにまわして見せたりして、漱石がいかに男前であったかを手放しで褒めそやした。

鏡子の見合写真はモノクロで残念だが、瞳が大きく、ふっくらとした良い顔立ちをしている。これで、色白で肌理《きめ》の細かい肌が見えたらもっと美しかったことであろう。鏡子は漱石の見合写真に一目惚れしたと自ら告白しているが、漱石もやはり写真の鏡子の顔が美しかったので、見たとたんに気に入ったのではないだろうか。

鏡子は決して自惚れ屋でも何でもない。母筆子の証言もあるから、若いころの祖母は本当に美しかったのだと思う。ただ、事実をありのままに遠慮会釈なく言う人なのである。人を笑わせようという意識は毛頭ない。鏡子自身も剽軽《ひょうきん》な人ではない。

そういえば、こんな話もある。日本一と言われる表具師の中村さんはまだ小僧さんをしている時代から夏目家に出入りをしていた。ある日、京都に修業に行く前に挨拶にみえ、「奥さま、これから京都に修業に参ります。一生懸命頑張って勉強いたします」と決意のほどを語られた。すると鏡子は、

「あんたが頑張ろうが頑張るまいが、それはあなたの勝手よ」

と、いとも素気ない返事をしたという。中村さんはさぞ驚かれ、がっかりされたことであろう。こんな風にずばりと率直に自分の思っていることを言う。上辺《うわべ》だけの励ましの言葉を贈らないところがいかにも鏡子らしい。きつい言葉を返しても、大様《おおよう》だからたぶん餞別は弾んだであろう。

私はこういう鏡子が好きであるが、こうだから鏡子は世間からは誤解されて、悪妻呼ばわりもされる。それもやむを得ないことかな、と思うのである。

筆子と恒子

祖父漱石は、私の母筆子（漱石の長女）と次女の恒子にはことのほか辛く当たった。それは二人の幼少期が漱石の神経症が最も悪化していた時に当たっていたからである。

ロンドン留学中に強度の神経衰弱を患った漱石はそれを引き摺ったまま帰朝した。神経症は漱石の持って生まれた病のようなもので、筆子によれば、四、五年に一度発作を起こす。長く続く時もあれば短くて済むこともあり、ひどい時も軽い時もあった。そして二人が幼かったころ、すなわち漱石がロンドンから帰朝した時の神経症の発作は中でも最も長期で重いものであった。筆子も恒子も物心ついて初めて会った時の父がそのような状態に置かれていたので、父子関係は惨憺《さんたん》たるものであった。二人とも父から酷に扱われた。

筆子が熊本で生まれた時、漱石が正常で、新婚三年目というまだ甘い余韻が続いている最中でもあり、しかも一度鏡子が流産したあとだから、漱石夫妻にとっては掌中の珠、宝物のような存在であった。漱石は可愛くてたまらず夢中で愛した。また筆子も色白でふっくらとした丈夫で手のかからないとても良い子であった。それで、「赤ん坊は抱く人に似るというからお前は抱いてはいかん」と色の黒いお手伝いさんには抱くことを禁じたりして、家にいる時はよく自分の膝の上に抱き上げて話しかけたり、頬擦りをしたり、タカイタカイをしていたという。筆子本人にその記憶が何一つないのは当然ではあるが、非常に残念なことである。

いっぽう恒子は、筆子と違って腺病質で、病弱で、何かあるとすぐに「キィー」とも「ヒィー」とも聞こえる異様な鋭い声を発する。たとえば『吾輩は猫である』の猫がしのび込むと、途端にその「ヒィー」だか「キィー」が始まる。それで鏡子やお手伝いさんが猫を追い出すのである。顔立ちも悪くなく漱石が書いているように瞳が大きくて色白なのだが、ときどき栄養失調になるのか、皮膚に吹き出ものが出たりしてそれが痒いとまた泣きだす。

漱石は自分がいない留守に生まれてはじめて対面するこの子には、神経が正常な時に会ったとしてもあまり可愛がりたくなかったかもしれない。

漱石は、家族には容赦なく暴力をふるうが、どんなに親しくても他人には不機嫌を顕わにすることはあっても暴力をふるうことはなかった。けっこう外面は良いのである。その点では、私は祖母の鏡子に同情せざるを得ない。何と言ってもこの神経症のいちばんの犠牲者は鏡子であったのだから。

明治時代のことだから髪結さんに行くか、来てもらって綺麗に日本髪を結い上げてもらうわけだが、その髪をメチャメチャにこわしておそらく引っ摑んで引き擦りまわしたのだろう。髪をふり乱して目を真っ赤に泣き腫らして書斎から走り出てくる鏡子を筆子はよく見かけたらしい。しかも一度たりとも鏡子の「痛いっ」という悲鳴や叫び声や泣き叫ぶ声を筆子は聞いたことがなかった。

ぐっと奥歯をかみしめ、感情を押し殺して耐える鏡子が、漱石には余計ふてぶてしくも憎たらしくも見えたのであろうが、こういう時筆子は「お父様なんか死んでしまえ」と思ったという。「あんな時に泣き崩れたりするような弱い女の人だったら、命を絶ってしまうか、家から出て行ってしまったでしょうよ。お祖母ちゃまだから漱石の奥さんがつとまったのよ」と言っていた。私にも鏡子は、女々しいとか、なよなよしたという表現とは無縁の、ゆるぎない、どっしりとした女性に見えた。

漱石は筆子に対しても気に喰わないことがあれば、書斎に閉じ込めたり、ぶったりしたが、恒子に対してはさらに扱いが酷であった。それは漱石の神経症のせいだけではなく、自分が滞欧中に恒子が誕生したからであろう。鏡子のことを露ほども疑っているわけではないのだが、自分が日本にいない間に生まれたというのが気に喰わず、もう一つ愛情が持てなかったのであろう。

私は戦時中に育ったので、出征している、あるいは出征していく友人たちのお父上をたくさん知っている。その方たちは戦場から復員してきても自分が戦場にいて自宅にいない間にできた子は、妻を疑うわけではないのだが、あまり可愛さを感じないのだそうである。漱石もまったくその父上たちと同じ心境であったのであろう。

女性は自分が陣痛の苦しみを経て生むからこれほど確かなことはないが、男は自分が仕込むだけだから、目に見えないと自信が持てなくなるのであろうか、だとしたら気の毒なものである。でもそうやって生まれてきたため、他の子より愛情をかけてもらえない子どもこそかわいそうである。恒子は赤ん坊の時には縁側から庭木や庭石の入っている庭に漱石から放り投げられたりしたという。

鏡子の目には漱石が恒子を憎んでいるように映り、恒子が不憫で不憫でならなかった。同じわが娘の筆子が可愛くないはずはないのだが、恒子により深い愛情を注ぐようになる。同じおいたをしても筆子だけを厳しく叱り、恒子は叱らなかった。明らかな依怙贔屓《えこひいき》を見せられるたびに筆子は哀しく、羨ましく、妬ましくてならず、鏡子に対して「私の本当のお母さまかしら？　ひょっとして継母かしら？」と訝《いぶか》り、子ども心にも寂しくてたまらない時があったという。

「お父さまは怖くて近づけないし、お母さまは恒子さんに奪《と》られてしまったし、私って一人ぼっちなんだわ」

子どものころそれを聞かされた時、私は母がかわいそうで仕方がなかった。

鏡子が恒子を筆子より可愛がる傾向はその後も続いた。もしかしたらあまり幸せでなかった恒子の一生を終えるまで続いたと言ってもいいかもしれない。恒子は十九歳で結婚して三人の子をもうけたが、三十代の若さで亡くなっている。筆子は一緒に水遊びをすると恒子に水をひっかけて意地悪をして泣かせたが、やはり姉妹同士。学校へ行く時重そうにかばんを抱えている恒子が哀れになって「こっちへよこしなさい」とひったくるようにかばんをもぎ取って筆子が持って二人揃って学校へ通ったという。

やはりかわいそうであったのは恒子かもしれないと思う。恒子叔母は好きでもない人と半ば強引に祖母に従って結婚させられ、その上に三十代で三人の子を遺して亡くなったのである。

まもなく八十一歳になる私と同じぐらいの年齢の時であったろうか。母はまだ完全な認知症にはなっていなかった。が、年老いた人の特徴としてつい先刻のことを忘れても、はるか昔のことはつぶさに記憶しているという例が母に関してもしばしば繰り拡げられた。

母によると、彼女が子どもの時、瘰癧《るいれき》(首のリンパ節に結核菌が入る)という病に罹ったそうである。「その時、おばあちゃまがとても心配して下さって、毎日、帝大の三四郎池の脇を手をつないで歩いて帝大病院に通って下さったの」と母は懐かしそうに目に一杯涙を溜めて言った。

「ナーンだ。じゃあ、おばあちゃまはあなたのことをとても可愛がって下さっていたんじゃないの」

といくらか非難がましい口調で言いながら、うんと背の縮んだ母の体に、少し腰を屈《かが》めて抱きしめるように手を廻した。母はもうすっかり子どもに返っていたから。「そうね」と素直に私に身を委ね、顔をゆがめてこっくりと頷いた。母の目から溢れ出た大粒の涙が頬を伝った。まるで幼な子のようであった。祖母と母が手をつないで三四郎池（その時すでにそう呼ばれていたのかどうか私にはわからない）の脇を通る姿を思い浮かべると、私も胸が一杯になり目頭が熱くなった。

一族の周辺

漱石とジャム

「グレーテルのかまど」というNHK教育（Eテレ）の番組への出演依頼がきた。お菓子にまつわる番組のようである。二、三年前に同じくこの番組で取り上げた「夏目漱石のようかん」という回に出たことがある。それ以来、時々電話がかかってきて再放映の許諾を求められる。はなはだ気にも食わないのは「再放映の場合ご出演料をお支払いしないことになっておりますがよろしいでしょうか」と訊くことである。「『イヤです。出演料を下さい』と私が言ったら少しでも下さるの？」と嫌みを言うと、相手は黙ってしまう。「下さるおつもりがないのならお電話なんかかけてこないでよ」とつい不機嫌な声を出す。にもかかわらずまたまた違う回の出演依頼なんてよくできたものだなとあきれるが、少しでも全国的に私の名が知れれば拙著が売れるかもしれない、とあつかましくも儚い望みを抱いて私はつい引き受けてしまうのである。

今度は「漱石とジャム」について取り上げたいのだそうである。ジャムなら河内一郎さんに頼むしかない。この方は二〇〇六年に『漱石、ジャムを舐める』(創元社、二〇〇八年に新潮文庫)を上梓された。氏いわく「漱石ほどあらゆる角度から研究をされ尽くされている作家はいなく、新たに研究する余地はない。と思ったが、漱石作品に書かれた飲食に関する研究と漱石の生涯五〇年の期間における食文化史とその時代の物価を研究のテーマにすることにした」のだそうである。それら膨大な資料の中には夏目家の家計簿(大正三年十二月から四年三月)まで含まれている。

『吾輩は猫である』には苦沙弥先生がジャムを舐めるシーンが時々登場する。夫人に「今月はちっと足りませんが……」と言われて、

「足りんはずはない、医者へも薬礼《やくれい》はすましたし、本屋へも先月払ったじゃないか。今月は余らなければならん」

とすまして抜き取った鼻毛を天下の奇観のごとく眺《なが》めている。

「それでもあなたが御飯を召し上らんで麵麭《パン》を御食《おた》べになったり、ジャムを御舐《おな》めになるものですから」

「元来ジャムは幾缶《いくかん》舐めたのかい」

「今月は八つ入《い》りましたよ」

「八つ？　そんなに舐めた覚えはない」

「あなたばかりじゃありません、子供も舐めます」

「いくら舐めたって五六円くらいなものだ」

と主人は平気な顔で鼻毛を一本一本丁寧に原稿紙の上へ植付ける。


夫人は迷亭との会話でも「あんなにジャムばかり嘗《な》めては胃病の直る訳がないと思います」と言い、書生の多多良三平とのあいだでは、

「せんだって、先生こぼしていなさいました。どうも妻《さい》が俺のジャムの舐め方が烈しいと云って困るが、俺はそんなに舐めるつもりはない。何か勘定違いだろうと云いなさるから、そりゃ御嬢さんや奥さんがいっしょに舐めなさるに違ない――」（中略）
「そりゃ少しは舐めますさ。舐めたって好いじゃありませんか。うちのものだもの」

この辺の夫人（祖母）の横着ぶりは私によく似ているような気がした。こうしてみると、少くとも夏目家では明治時代にはジャムはパンにつけるものというより、舐めるもののように思えてくる。

ジャムの歴史は、ヨーロッパでは一五〇〇年ごろにりんごを砂糖で煮て作ったのが最初と言われ、十八世紀に産業革命による動力の発明で家庭の主婦が作っていたものは専門業者の手により作られるようになり、十九世紀になってからは缶詰、瓶詰の発明により工業生産されるようになった。私の姉はアメリカに留学しアメリカ人のクラスメートと結婚したが、主人のおばあさんが秋になると果実を収穫して幾種類かのジャムを煮て孫夫婦にもくれたという。たぶん最初の目的は果実を保存するためであったのであろう。それをパンに塗ったり、ケーキや料理に使ったりしたのであろう。私も時々ジャムを煮る。主にブルーベリーと砂糖を耐熱ガラスのボールに入れてゴムベラでザクッとかきまぜ、電子レンジに七、八分かける。と、ぶつぶつと溶けた砂糖が煮えたぎって果実がほどよく形を崩してでき上りである。そこへレモン汁をしぼって入れかきまわす。お好みでレンジをかける時間を変えればよい。

一方、日本のジャムの歴史は明治政府がアメリカからりんごの苗を取り寄せ、新宿の試験場でりんごジャムを製造したのがはじめといわれている。どちらもりんごが発祥の果実であり、その割にはりんごジャムはそれほど珍重されていないのは面白い。

漱石が食べ、否、舐めていたのはおそらく舶来の一缶五十銭か六十銭ぐらいのジャムであったと思われる。

テレビのディレクターも河内さんも「漱石はロンドンのお茶の時間に苺ジャムを食べた」と推測している。それは誤りである。ロンドン時代の漱石にお茶を楽しむ余裕などなかった。文部省から支給された留学費をすべて本を買うことに注ぎ込み、ただただ勉強をしていた。だが、帰国して自分が少し裕福になってから、食にこだわりを抱くようになったのである。朝食のパンだって妻の鏡子が子どもたちの世話に追われて忙しいから漱石に食べさせるのである。最初はトーストに白砂糖をつけて食べていた。

『吾輩は猫である』の中のトンコとスンコ（私の母とその妹）が漱石が残したパンに競争して白砂糖をかけている間抜けぶりを猫に侮られている場面がある。白砂糖がジャムに変ったのは少し後のことであると思う。

テレビ会社のディレクターは思い込みの強い人が多く、その思い込みで番組を作ろうとする。私はインタビューされる時には、はっきりと「漱石はロンドンでジャムなんて食べていなかったと思いますよ」と否定するつもりである。

忠犬マル公

今年は戌年である。私は子どものころから犬、特に大型犬（小型犬は嫌い）が大好きであった。自分の城を築いたら自分の犬を飼うのが夢であったが、飼う機会に恵まれなかった。亭主が犬嫌いであったからである。子供の時に咬まれたことがあるとかで、それ以来犬が恐くて嫌なのだという。それを無視して強引に飼えば飼えたと思うが、恐い存在と同居せねばならぬ亭主も、飼主に無視されつつ暮らす犬もみじめである、と思い、諦めた。既に散歩をさせる体力も気力も失せたし、引っ張られて怪我をする可能性が高いからもう飼えない。

こんなに犬が好きなのは子どもの時に飼い犬がいたせいであろうか。立派な秋田犬を飼っていた父の弟、すなわち私の叔父に、父が秋田の子犬を調達してくれないか、と頼んだのであった。ところが送られてきたのは成犬も成犬、もう一歳を過ぎていたのではなかったか。子犬の到着を期待していただけに、大きな犬が届いた時には家族中が落胆をあらわにした。当の犬を目の前にして「なんだ、子犬じゃないじゃないの」とか「叔父ちゃまったらどうかしちゃったんじゃないの?」とか口々に不満をぶちまけた。

狭い箱の中に押し込められて長旅に耐えてきた末にやっと到着した新しい飼主の家では、誰一人として歓迎してくれず、疎《うと》まれるのみとあっては、マルもさぞ哀しくくやしかったことであろう。

それでも送り返したりせずに、皆してせっせとブラシをかけたり、まずお手を教えたりお座り、伏せ、待てなどの躾《しつけ》を開始した。最初は犬も飼主も戸惑い気味であったが、いつしか心は繋がっていたようである。母がマルを散歩に連れ出したら、近所の犬たちがマルを田舎者とバカにしてワンワン吠え、マルもムキになって吠え返すので大変だったと嘆いたことがある。こういうこともマルの大きなストレスとなったであろう。以後散歩は父と兄の役目となった。父が散歩に連れて行った時、マルをつくづくと眺めていた職人風の男性が「旦那、凄い立派な秋田をお持ちで」と褒めそやしたという。そんな時はマルも父もさぞ心持よく、得意であったに違いない。

幼かった私も大人たちに混じってマルを撫でたりブラシをかけたりした。一度調子にのってマルの背に跨《また》ろうとしたら「この生意気な小童《こわっぱ》め!」と言わんばかりに、マルは私の足を咬んで拒否した。誇り高い犬だったのだろう。私がよちよち歩きからようやく脱したころで、まだ幼稚園にも通っていなかったから私は恐いということを知らなかったのかもしれない。マルが何年家にいたかは記憶にない。

ある夏、例年のように家族中が長期に亘って避暑に出かけた。マルがいつごろ病気に罹って入院したのか私は知らない。とにかく家族がいなくなったある日の夕方、留守番のお手伝いのよりちゃんが、マルが門から入ってきて玄関前でふらふらしているのを見つけたという。「おや、マル、どうしたの？」と問うよりちゃんの膝にあごを載せ、「くーん、くーん」と甘えた声を出した。よりちゃんはいつもご飯をマルに上げていたから、彼女にはとてもよく懐いていた。マルは「誰もいないの？」と言いたげに玄関の扉をじっと見た。よりちゃんは、「まだ病気がなおってないんでしょう。さあ、病院へ戻りましょう。お医者様に黙って帰ってきてはいけないよ」と言いきかせて、首輪に鎖をつなぎ、力なく歩くマルをひきずるように病院へ連れ帰った。

翌朝、病院からマルの死を告げる電話がかかってきた。「苦しかったのだろうに、遠いところをせっかく歩いて帰ってきたのに……。おまけによりにもよって飼主が誰一人としていない時に帰ってくるなんて……。マルはどんなにかみんなに会いたかっただろうに」とよりちゃんはマルが不憫でたまらなくなって大泣きに泣いたという。

吾が家に初めて到着した時には歓迎されずに、皆に疎まれたり不満をぶつけられたりしたあげく、この世を去る際には、わざわざ戻ってきたにもかかわらず飼主の誰一人として見送ってくれなかった。そんな寂しい気持のままマルは病院で息を引き取った。

と、母に聞かされた時、幼いながらも私も秋田犬という犬の忠義なのには驚かされて感動して、ポロポロ涙を流した。その時初めて忠義という言葉の意味を母から習い、忠犬ハチ公の物語も知ったように覚えている。

マルが亡くなってからしばらくは犬を飼わずにいるうちに第二次世界大戦が始まって、世は食糧難の時代に突入し、犬を飼うどころの話ではなくなった。赤犬の肉は美味であるなどという噂さえ耳にしたほどである。

自分の犬を飼いたい、それも大きな秋田犬を、という夢は今も潰えてはいない。しかし、もはや本当にそれは不可能なことである。それに看取ってやれないとわかっていて生き物を飼うのは無責任この上ない。亭主亡き後は寂しく一人で暮らすよりないか。

漱石は犬派である

私は自分が人並み以上に犬が好きなのは、子どものころに忠義な犬を飼っていたからであるということを書いた。たしかにその通りなのだが、こういう好き嫌いというのはあるいは遺伝によるものかもしれない、とも思っている。

わたしの祖父夏目漱石は、世間的に漱石と言えば猫、猫と言えば漱石と言われるほど猫と親密な関係があるように思われている。初めて書いた小説『吾輩は猫である』で一躍文名を馳せたのであるから当然と言える。苦沙弥先生こと漱石先生の愉快な日常が飼猫の目を通して活写されているのだから、猫は漱石から切り離せない存在である。

猫嫌いの漱石夫人鏡子が繰り返し家に入ってこようとする野良猫を追い出すのを見て「そんなにこの家が好きなら飼ってやればいいじゃないか」と進言したほどだから猫が嫌いなわけはない。しかし事実はそれほどの関心を猫に抱いていなかったのではないだろうか。猫は鼠を捕《と》ってくれるからありがたいぐらいに軽く考えていたのではないか。

そして小説が大当りをし、自分を有名な作家に押し上げてくれたこの名の無き猫を大切に扱うようになったのはこの猫が亡くなってからなのである。車屋《くるまや》さんに頼んで猫の亡骸をみかん箱に入れ、それを書斎の裏の桜の樹の下に埋めてもらい、猫の目の鋭さを稲妻にたとえ「此の下に稲妻起る宵あらん」という句を作り、それを小さい墓標に書いて立ててやった。

それから漱石は懇意の人たちに『辱知《じょくち》猫儀久々の病気の処、療養不相叶《あいかなわず》、昨夜いつの間にか物置のヘッツイの上にて逝去致候《いたしそうろう》。埋葬の儀は車屋をたのみ箱詰にて裏の庭先にて執行仕候《つかまつりそうろう》。但《ただ》し主人『三四郎』を執筆中につき、御会葬に及び不申候《もうさずそうろう》。以上』という死亡通知を送った。猫の命日は明治四十一年九月十三日である。以後毎年その日に猫の法事が営まれている。

その後にお弟子の鈴木三重吉さんがくれて、可愛がっていた文鳥が死んでここへ埋められ、それから愛犬が死んで同じくここに葬られた。その墓標には「秋風の聞こえぬ土に埋めてやりぬ」という悼句を書いてやっている。子どもたちもそれを真似て、金魚や昆虫が死ぬとここに葬って草花をたむけたり、水を上げたり、おやつのお菓子を供えたりした。

犬に与えた句には犬への思いやりが満ちているように私には思える。漱石は小説にこそ書かなかったが、犬にはヘクトーという洒落た名を授けている。ヘクトーはギリシャ神話の中の武将の名である。私の母（漱石の長女筆子）がよく「お祖父ちゃまったら犬が大好きで『ヘクトー』なんて気取った顔をして呼んでいたわ」と言っていた。

熊本の北千反畑《きたせんだんばた》という漱石が住んだ家で、漱石と鏡子と膝に猫を抱いたお手伝いさんと書生さんの四人が縁側に座っている写真がある。真《ま》ん真中《まんなか》に両耳の垂れた中型犬が座っている。私の母はその前の内坪井《うちつぼい》の家で生れたのだが、この家に住んでいる時にこれら犬も猫ももらわれてきて、北千反畑に引っ越す時は二匹とも連れていかれた。猫はよく鼠を捕る奴だというふれこみで人からもらいうけたというが、期待通りよく鼠を捕《つか》まえて大活躍をしたようである。

犬は写真には可愛らしく写っているが、実際は、大声で吠えまくる近所中の憎まれ者であったという。吠えるだけでなく獰猛で通行人に二度も咬みついた。夜、泥棒除けに首輪につけている綱を外すが、朝それを繋ぎ忘れたまま、うっかり門を開けると飛び出してしまう。そして通行人を咬んだ。咬まれた通行人が交番に訴えた。その夜巡査がやってきた。鏡子が平謝りしているのに、応対に出てきた漱石が、犬は利口者で、家の者や人相の良い者には吠えるはずもない。咬みつかれたりするのはよくよく人相の悪い人だろう。犬ばかりを責めるわけにはいかない、などと屁理屈をこねた。テルというお手伝いも大の犬好きで、漱石に加勢するので議論の果てしがつかなかったという。

巡査もカンカンになり理屈はともかく犬の分際で人間に咬みつくのは怪しからん。とにかく狂犬病にでもかかっていたら一大事だ、と、テルに犬を連れてこいと命じた。犬は警察に引かれて行ってしまい、その日は警察に泊められることとなってしまった。

さらに二度目の時は、北千反畑に移った後だったが、よりにもよって巡査の奥方に咬みついてしまったのだから、「さー、大変！」である。さっそく巡査は意気込んで怒鳴り込みにやってきた。が、毎朝ごみを漱石家の門前に捨てて行く不届きな女性がいて、それが巡査の奥方であると漱石は気付いたので、巡査の方が漱石にやり込められて、この時はすごすごと引き上げていったらしい。

こんな出来ごとが過去にあり、東京でも犬に上等でステキな名を授けている漱石は、やはり猫より犬を尊敬し、猫より犬の方が好きであったのではなかろうか。

私はそんな漱石の血を継いで、犬が無性に好きなのだと思う。どうせ遺伝するなら、本当はもっと上手に文章を書ける筆力と文才の方を受け継ぐことができたらよかったのに……。

猫の出産

私たちは祖母鏡子（漱石夫人）が住んでいた家を池上《いけがみ》と呼んでいた。住所が上池上であったからである。池上線の池上駅からも本門寺からも遠い交通の便の悪い所であった。私は小学三年生の時に越後の長岡に疎開したので、いつごろからなのであったかわからないが、いつの間にか、五反田《ごたんだ》の駅前からバスに乗って馬込西《まごめにし》二丁目という停留所で降りて歩いて行くという新しい行き方ができていた。戦前は母と二人で行く時は人力車、家族大勢で行く時は円タクで行ったと記憶している。

駅を降りるとすぐに右側の道に入り水道タンクを目がけて登り坂を上がっていく。五、六分すると、山の頂上に当たる場所に夏目家は建っていた。

その家で鏡子は亡くなった。そこに越した当時は、屋敷は優に一千坪あったのだが、鏡子の浪費と当時著作権が三十年で切れたから、祖母は生活費を捻出するために少しずつその土地を売っていた。その土地に百坪を越す家が建っていた。母が亡くなってからも、私は時々鏡子の世話をして看取ってくれた栄子叔母を訪ねた。血の繋がりとは不思議なもので、私は小学生の時疎開したから栄子叔母とも疎遠になっていて特別に可愛がってもらったわけではなかったのに、時々無性に会いたくなるのであった。

いずれ今のバス路線の下に地下鉄が敷かれるから祖母の遺した土地を売るのをもう少し待とう、と言ったのは純一叔父（漱石の長男）である。それで祖母はかなり長く池上に住むことになったのである。栄子叔母だって土地を売った分配金が入らなければ自分の新しい住処《すみか》を買うこともできない。

そのころ、栄子のすぐ下の妹愛子（漱石の四女）の息子漱祐が栄子の家に下宿していた。大学生でアメリカンフットボールの選手だった。私は一緒にスキーに行ったりしていたので、池上に行って彼と会うのも楽しかった。

ある夕方、いつものように勝手口から「こんにちは」と入って行くと、「あら、末利子、ちょうど良い時に来てくれたわ」と栄子がそわそわしながら、私を迎え入れてくれた。ホッとした顔のようにも見えた。でもなぜか落ち着かず、上ずっている。そして早口で、

「今日、黒がお産するの」

という。なるほど茶の間の隅に、ボロ布の詰まったみかん箱が置いてある。黒はその箱

の周辺をぐるぐる廻ってニャーニャー鳴き続けている。たぶん難産の質なのかしら？　黒は箱の中に飛び込んだ。栄子叔母はますます興奮して、「末利子、そこを押さえて、猫が箱の外に飛び出さないようにしてよ」と命じる。私には猫の出産なんて初めてのことだから、その箱に手を突っ込むなんてできない。まして飛び出さないように猫を押さえつけるなんてとてもできない。

私が何もできずにボーッとしていたから、栄子叔母はさぞや役立たずめと舌打ちして蔑んだことであろう。私も少しは役に立たねばと思ったが足が震えて何もできない。やがて「ギャー」という凄まじい声がした。最初の子が袋に包まれて出てきたようだ。続いて次の子も生れた。いったい何匹生れたのか、今は何も憶えていない。栄子叔母が「よかったねえ、黒ちゃん」と言った。

少し落ち着くと、赤ん坊を包んでいる袋を黒がペロペロとなめながら食べていた。人間には到底真似のできぬことだが、動物はこうして自分の子どもと一緒に出てくる薄気味悪い臓物を食べるから出産後の体が衰えないのだという。

そのころ、私は三十代の前半、叔母は六十代であったと思う。彼女は一生独身で母鏡子の面倒を看た。別に独身主義でも男嫌いでもなかった。漱石亡き後も九日会（漱石を偲ぶ会）は続けられていて、そこにくる宮内庁の侍従のO氏が栄子を気に入って「ぜひ下さいませんか」と鏡子に頼んでいた。それならば、ということで、鏡子は一室にO氏と栄子二人だけを閉じ込めて表から鍵をかけてしまったという。しばらくして鏡子が鍵を開けたら、栄子叔母は血相を変えて逃げるように飛び出してきた。栄子は美しい女性であったから、降るように縁談があったのである。そのことがあって以後は二度と見合いを受け付けなかったという。

こうして六十歳を過ぎた処女であった栄子は、それほど好きでもない猫の出産を一年に一度か二度は手伝わされることになる。私が手伝ったのは、いやボー然と眺めていたのはたった一回だが、その時の栄子叔母を思い出すと、残酷なことだなあ、と思わないわけにはいかないのである。

祖母は好きでもないのに、家に猫さえいれば、手招きしてお金を運んできてくれると、信じて飼っているのであるから……。

日本一贅沢な大音楽会

七十年も前のことになろうか。たぶん終戦二年目の一九四七年の夏のことと思う。小学校五年生の私は思いもかけず人も羨やむ体験をした。

東京生まれの私は、昭和十九年秋に疎開した越後長岡の在に暮らしていた。今までとはまったく違う田舎の環境に溶け込めぬまま、東京での生活に恋焦がれていた。その地で終戦二年目を迎えた年の夏、夏休みも終わりに近づき、東京の大学の寮に戻る姉が私を東京に連れて行ってくれた。いかなる理由でかは私の記憶にない。姉と私は当時長岡から上野まで八時間半もかかる上越線に乗って上京した。群馬県そして埼玉県を過ぎ、赤羽《あかばね》附近を通過する時、ぎっしりと並ぶ家並みを見て、東京に来た、と実感し、胸が熱くなった。

祖母の家に着くと純一叔父一家と愛子叔母一家とが、東京大空襲で焼け出されて避難して一緒に住んでいて大人数で暮らしていた。その人たちが例になくそわそわしてる。いつも愛想に乏しく比較的無口な叔父までがいとも上機嫌で、でもちょっと緊張気味であった。そして「明日、世界一のヴァイオリニストがここへくるんだよ」と教えてくれた。その人は江藤俊哉《えとうとしや》という新進気鋭の天才だそうである。天才とは遠いと思うが叔父は当時、東京フィルハーモニーのコンサートマスター兼第一ヴァイオリニストであった。叔母はNHK交響楽団（叔母がいたころは日本交響楽団〔日響〕）のハーピストであり、二人ともプロの音楽家であったから、天才ともそういう関係でお知り合いになったのであろう。私はその時初めて江藤俊哉という名を知った。彼が二人といない天才であることも。終戦後二年目とあっては、人々は音楽どころか、いかにして食糧を手に入れるか、飢を凌ぐかで精一杯であった。すっかり田舎の子になった私にも天才による名演奏などそれほど関心が湧かなかった。

この江藤氏が不動の地位につき、彼の名声が一段と高まったのは、ジンバリストの直弟子になるためにアメリカのカーティス音楽院に在籍し卒業してからである。

翌日は前日にも増して叔父を初めとする家中の人々が舞い上がっていた。夕方、私もそわそわ玄関の隅に座っていた。呼び鈴が鳴ると、叔父が玄関用の下駄を履いて門口まで飛び出して行って氏を招じ入れた。玄関に立つ氏は、瘦身で黒々とした前髪がさりげなく額にかかっている。目の前の白皙《はくせき》の美青年は紛れもなく芸術家である、と強く感じた。玄関の左横の応接間にまず通っていただいた。ここで当然本日の大切な行事は行われるものと皆して信じていた。ところがちょっとした問題が生じた。

江藤氏が大切そうに抱えていらしたケースの蓋を開け、ヴァイオリンを取り出され、弦を弓で弾かれ、「あ、ダメだ」と言われた。「だめ？」と叔父が鸚鵡《おうむ》返しに訊くと、「ちょっと響き過ぎるの」と言われた。洋間だから洋楽器を弾くに相応しいとは限らないのである。応接間がダメとなると、それから大騒ぎで演奏会場探しが始まった。何しろ昭和二十二年のことだからエアコンなどがあるはずがなく、二間続きの座敷も三間続きの部屋も襖《ふすま》は外され、部屋と廊下を仕切る障子もすだれや透戸《すかしど》と替えられて、風の通り道を作っていたから、とにかくどこに演奏会場を設けたらよいか、皆して右往左往した。最後に天才が決定したのは、二階の廊下の端であった。二階の椅子を寄せ集めて、庭を左手に見下ろせるように、祖母がいちばん前の真中の椅子に座って、十三、四人が三列ぐらいになって、祖母を取り囲むように座った。椅子のない者は床に直かに座った。この一塊から二メートルぐらい離れたところに天才が向かい合って腰かけて、ようやく演奏会は始まった。

ヴァイオリンの美しい音色に魅せられたが、それは世界的天才が弾いているからと私が思っていたからだと思う。仮に他の人が弾いても同じであったろう。私には鑑賞能力などないのだから。でも世界一の天才の生演奏を聞いたのだという大きな満足感、優越感だけはいつまでも残った。

演奏が終わって、皆してぞろぞろ階段を下り、茶の間に入り、皆で食卓を囲んで、並べられたただ一皿の、具の少ない焼き飯を食べた。美味しいとは正直なところ思えなかったけれど、そっと盗み見ると、天才は美味しそうに食べておられた。

こうして家庭大音楽会は終わったが、後にも先にも叔父か祖母が白い封筒のようなものを頭を下げて天才にお渡しする光景を目にすることはなかった。してみると、天才は粗末といえるチャーハン一杯であの素晴らしい音色を聞かせて下さったのかしら？　そう考えると、あれは日本で最高に贅沢な個人リサイタルであったと思えてならない。

こそ泥と夏目家

本当に人騒がせな事件であった。二〇一八年四月、平尾某というこそ泥が松山刑務所の作業所を脱走し、延べ一万人以上の捜査員が動員されたにもかかわらず、約三週間逃げ延びていたが遂に広島で逮捕された。彼は瀬戸内海に浮かぶ尾道《おのみち》市向島の別荘の屋根裏に隠れながら賞味期限切れの食物を食べていた。自力で本州側に泳ぎ着いた。

その三週間、私はドキドキワクワク（と言うと語弊があるが）しながら毎日の報道に接していた。泥棒は入る方も緊張の極致に達していたのであろうが、入られた方はしばらくは薄気味悪くて不安でとても嫌なものであったであろう。

私の祖父夏目漱石は、ロンドンから帰国後三回住居を変えたが、どの家にも泥棒に入られている。ロンドン留学から帰国してとりあえず妻の鏡子の実家の離れに落ち着いたが、まもなく本郷千駄木に移った。『吾輩は猫である』や多くの短篇が生れた家である。明治三十六年から三十九年まで住んだ。ある夜、ロンドンでもご一緒したことのある犬塚武夫さんが来訪され、二人の話が弾んで犬塚さんの帰宅は深夜近くになってしまった。重い腰をあげて玄関の間に行くと、そこに置いたはずの帽子と外套《オーバー》がない。客と漱石が話に夢中になっている間、こそ泥は庭から書斎にしのび込んで机の上に置いてあった古いニッケルの懐中時計を持って廊下伝いに玄関の間に出て、犬塚さんの外套と帽子を失敬したものらしい。

ついでに、というか、そのころ、犬塚さんのご紹介で、後に漱石に弟子入りした鈴木三重吉さんの長い長い、情のこもったお手紙が机の上に置かれてあった。たしかにその手紙のいちばん端っこは机の上に置かれている。それを伝って手紙のあとを追っていくうちに、すぐ前の庭の木戸が開けられ、なおも進んでいくと、やがて隣地の畑とを仕切る木戸も開けられ、畑の真ん中まで続いているではないか。

そしてそこになんと用が足してあって、その長い長い手紙のいちばん端の先でチョコっとうんちを拭った黄色いあとが残っている。当時はそんな奇想天外なことをすると捕まらない、と泥棒仲間では信じられていたらしい。泥棒の度胸といい、そのためのお役に立つために机の上からずるずると引き擦っていかれた手紙の長さといい、すべてが泥棒の迷信がうってつけにそろっていて申し分なかった。まさか泥棒に尻を拭かせようとして書かれた手紙ではあるまいし、とんだ手紙の受難というものである。家族中でオカシサに耐えかねて大笑いをしてしまったが、漱石は「こんな情味のある手紙でお尻なんて拭いたらバチが当る。中身も読んで内容を知ったら、とてもお尻なんて拭けるものではないのに」と鈴木さんにしきりに同情していたという。

祖母が「その年、女児四人の誕生後に、初めて長男純一を授かったのだから、鈴木さんが本当の幸運をもたらして下さったのかもしれない」と母に語っていたのを覚えている。

翌年、また泥棒に入られた。その時は漱石の書斎に入って、懐中時計、小刀とはさみなど小物類を持っていっただけで、「やられた!」というほどのものは盗まれなかった。

またある年の十二月のこと、夜中にガタガタという音がするので鏡子が目を覚まし、子どもたちを連れて手洗いに行き、再び床に入ったがなかなか眠れずにいた。明け方近くなって隣室からお手伝いが得体の知れない声をあげて鏡子の寝室に倒れ込んできた。鏡子は恐る恐る室外に出て様子を見に歩き始めた。台所の雨戸が外され、居間の箪笥の引き出しが開けっ放しになっている。その時の泥棒は帯だけを十本盗んで行った。母の筆子はお正月に着る振袖の上に締めてもらうつもりだった丸帯を盗まれているので、べそをかいた。これは夏目家の盗難の最後である、と鏡子は『漱石の思い出』で述べているが、実はそれ以後もあったのである。

漱石没後に、鏡子が亡くなるまで住んでいた池上の家にも泥棒は入《はい》ったのである。最後のころは、鏡子と三女の栄子とお手伝いの三人暮しだったからこのころに入られたのなら納得がいく。しかし盗難に遭ったのは、終戦直後のことで、既に長男純一一家三人、四女愛子一家四人が空襲で家を焼かれてその他の親戚や知人が何人か住んでいて大世帯だったのに。そして当時としては食糧の次に大切だった衣料を泥棒はごっそりと持ち出して行った。漱石の印税が切れるまでは贅沢好きで浪費家で、おまけに気前の良い鏡子は、呉服屋から大量の高級呉服を買い、子や孫や、姪たちに配っていた。戦後はお洒落どころではなかったが、やはり盗まれた人々の落胆は大きかったことであろう。

そういえばその少し前の戦争中のこと、祖母は気が向くと吾が家にやってきて近くのあんま師の治療を受けていた。いつかあんま師が帰ろうとして玄関に行くと彼の靴がない。もちろん祖母がお金で弁償したけれど。

泥棒と深い縁で結ばれていたのは、漱石でなく鏡子だったのかもしれない。平尾某のドキドキ事件が続いている時、私はそんな夏目家の泥棒事件の数々を思い出していた。

硝子戸のうちそと

雀とネズミ

三年前の初冬、雀を馴らしてみようと思い立った。初めは生の米を少し掴んで庭に、それもできるだけ拙宅の居間の硝子戸《ガラス》に近いところに撒いてみた。以前からわが家の狭い庭の中で、四、五羽の雀が木に留ったり、飛んだり、チョコチョコと土の上を歩いたり、跳ねたりしていた。あたかもわが庭に定住しているかの如くに。それらの定住者たちはどこからともなくすぐに飛んできて、私の撒く米を突ついて食べた。翌日もまた撒くと定住者たちがすぐにやってきて啄《ついば》んだ。どこかで見張っているのではないかと思われるほど、そのす早いのに驚く。定住者たちが口コミで呼び寄せるのか、それとも雀という鳥が特別に嗅覚と視力が優れているのか、日毎《ひごと》に新入りの数が増えていく。十羽、二十羽と。餌の量も必然的に増える一方となり、とても米一掴みでは間に合わなくなり、コンビニで袋入りの鳥の餌を買ってくるようになった。するとまた増える。ある日、ざっと数えてみると、あっという間に四十羽になっていた。「おい、おい、わが家の経済が成り立たなくなるから、もうこの辺で勘弁しておくれ」と硝子戸越しに頼んだら、それ以上は雀の数は増えなかった。雀って人間の言葉がわかるのかしら？

四十羽が一斉に押し寄せる様は凄まじい。彼らは常駐しているわけでなく、朝十時ごろと午後二時のおやつの時間に、庭の木という木、もっと正確に言えば枝という枝に、びっしりとこちら側に向かって留り、私たちの様子を窺いながら、今か今かと待ち構えているのである。雀色のお団子が枝々に鈴なりに生《な》っているように見える。今までピーチクパーチク囀《さえず》っていたのが、私が戸に手をかけるとぴたりと止めて静まり返り、餌を撒くやそれっとばかりに餌を目がけていっせいに羽を拡げてバラバラバラと地面に降ってきて貪り食べる。あっという間になくなってしまう。この壮観なこと！　こうして、寒い間は、彼らの食事時間になると四十羽はわが庭に集って乱舞する。

しかし暖かくなるにつれ少しずつ雀の数は減っていく。私の方も虫を食べてもらいたいので、与える餌を大幅に減らす。時々早くくれとばかりに、こつんこつんと音を立てて硝子戸を突ついたりする奴もいた。

夏になっても四、五羽はわが家に常駐している。その中には、昨年と同じ雀ではなくて代替りした新顔もいるかもしれないが、私はせっせと餌を与えてきたし、彼らも当り前のように食べている。少くとも春夏秋冬、そういう平和な日々が続いていたのである。

ところが今年は何としたことか、最悪の事態に見舞われた。餌を撒いていつも通り降ってくる、その雀が、追っ払われるようにいっせいに天に舞い戻っていくのである。何事かと近付いて硝子戸の下を覗くと、頭の黒い肥えたネズミが堂々とムシャムシャ餌を食べているではないか。さっそく追っ払ったが、毎度同じことが続く。

「困ったわ」と愚痴をこぼしたら、近所の親切な知人がネズミ捕りの粘着板をくれたので、それを拡げて引っかかるのを待っていたら、一羽の小さな雀がかかってしまった。悪賢いネズミより先に。それこそ想定外のことで、これはかわいそう過ぎた。

何でも隣近所が家を取り壊したりするとネズミが出てくるという話は聞いてはいたが、そういえば拙宅の両隣りが最近新築し、左隣りは古家を取り壊してから新築をした。それでネズミが出たのだな、と納得した。

私は三、四年前まで二匹の野良猫の母子に見込まれて、二匹とも望まれるままに家に入れ十年以上も飼ったことがある。お互い気心が知れ合ってとても仲良しになれて楽しかった。犬のように泥棒除けにもならず、絶対服従もしないけれど老夫婦の同居者としては、充分に役に立った。ネズミは猫の臭いが嫌いで猫を飼っている家には近付かないというが、本当に猫のいた十年余は、ネズミの姿など見たことがなかった。

私は動物が好きだが、爬虫類とネズミだけは鳥肌が立つほど嫌いである。ネズミは頭が良いから、そうやすやすと駆除できない。さりとて引き続き雀を飼う、否、雀の餌付けをして、しばしの老後を楽しみたい、と思っているのに、思いもかけぬ〝餌泥棒〟の出現にすっかり途惑っている。

どうしたらいいのだろうか。

びわとカラス

拙宅の前の電線にびっしりとカラスがとまっている。それがてんでに「グワーグワー」と鳴くものだから、煩《うるさ》いったらない。一階の居間の窓から身を乗り出して見上げると、向いの電信柱を繋ぐ電線にも数十羽とまっている。長さにしてみると、電線は約十五メートルぐらいだろうか。

その二本の線の群の中から二、三羽がさーっと飛び立って、吾が家の横を通り抜け後方に向う。入れ違いに後ろから電線目がけて帰ってくるのがいる。その都度居間の西側の窓のすりガラスに黒い影が行き交うのが映る。無気味この上ない。

いったい何ごとならんや？　と二階の窓を開けると、目の前のMさんの庭の塀際に植えられている巨大なびわの木にべったりとカラスが覆い被さって、盛んに実を啄んでいる。どいつもこいつも夢中である。拙宅の後ろのOさんの屋根やベランダにも数羽のカラスがとまって実を突つき、種や食べ残した実のかすが、カラスの周囲に散らばっている。下を見ると、O家の玄関のタイルの上やO家と拙宅にはさまれた、O家に通じる私道にも無数の種と食い散らかしがころがっている。

大合唱と交代劇は一時間以上も続いている。東京中のカラスが一堂に会したように真っ昼間なのにあたりが薄暗い。こちらはただ呆気に取られるばかり。

そこへ「リーン」と電話が鳴る。後ろのO家の奥さんだった。

「カラスが恐くて玄関から表へ出られないの。Mさんのお電話番号をご存じなら教えて下さい」と半ば泣き声で懇願する。

「共働きでいらっしゃるようだから、今はたぶんお留守だと思うわ」

「では夜にお電話してみます」

「そうね。私もお電話するか、直接お会いして今現在の状況をきちんとご説明します」と言って電話番号を教えてから電話を切った。

その電話をかけている間中カラスの騒ぎはおさまらなかった。窓から時々顔を突き出して見上げる私たちを攻撃してこないのが、せめてもの救いなのかもしれない。昔から人が死ぬ時にはたくさんのカラスがやってくる、と聞かされていたし、実際にそんな経験もしたことがあるので、夫も私ももう年だから、どちらかが近々死ぬ前触れなのかしら？　そんなことを考えていると、カラスたちが四、五羽ずつ、やがていっせいに夕空目がけて飛び立って行った。そしてアッという間に一羽もいなくなった、と思ったら、いつもの静まりかえった夕方になっている。ほとんどのびわの実を食べ尽したのであろうか。

二時間半ぐらいの間、じっと目を凝らして見入っていた私たちは、カラス社会にはあるルールが存在することを知って驚かされた。

なぜって、カラスは餌を奪い合って喧嘩なんてしない。先発隊がある程度食べ終えて電線や電信柱に戻ってきてから、待機していた別のが目的地に向かって出発するのである。それが一糸乱れぬというか、実に秩序正しく行われるのである。これでは、カラスは繁殖こそすれ、絶滅種にはなりっこない。

いつか拙宅の斜め前の電信柱の上に五、六羽のカラスが一塊りになってとまったまま、下を向いて鳴き喚いていたことがある。真下に目を移すと、病気なのか、怪我でもしているのか、一羽のカラスがうずくまっている。飛べないが、時々動くからまだ生きているのは明らかである。

拙宅の飼猫ポコはまだ子どもだったから何にでも好奇心を抱いて、その蠢く黒い物体を見極めるべく近付いていく。すると上の一羽が一直線にポコに向かって舞い降りてくる。ポコは大あわてで一目散に逃げ帰ってきた。あの時もカラスって、家族なのか仲間なのか知らないが、ずい分思い遣りがあるのだなあ、と感心させられた。

翌朝、十時ごろ、M夫人がびわを紙袋に入れて「昨日は大変ご迷惑をおかけいたしました」とお詫びにみえ、びわをいただいた。

「昨夜Oさんからお電話をいただきました」

「ああ、そうですか。それならよかったわ。家よりOさんの方がずっと大変な思いをなさっていらしたから、『Oさんにはお詫びをなさった方がいいですよ』と申し上げようと思っていたところです。家はそれほどの迷惑を蒙《こうむ》ったわけでもないのに、かえってご丁寧にありがとうございました」

毎年無農薬のこのびわをいただくが、美味しいのである。

と、突然昨日O夫人が「お宅の屋根の上にも一杯とまって食べていますよ」と言ったのを思い出した。もし種や食べ残しの実が、わが家の雨樋に詰まって雨水が流れなくなったら困るから、一度植木屋さんか大工さんを呼んで、見てもらわなければならない。そしてその作業が行われて費用があまりに高額だった場合、Mさんに負担してほしい、と請求してもいいものかどうか。カラスに比べて、人間社会って面倒臭いなあ、と思わずにはいられなかった。

瑠璃茉莉

衝撃的な枯れ方であった。根元《ねもと》に直径十センチほどの蔓《つる》が二、三本かたまって出ていて上にゆくほど細くなりながら白い格子に絡んでいる。蔓からは小さな枝が無数に出ているが、これらすべてが焼け爛《ただ》れたように赤ちゃけて、太い根も細い幹も上皮が裂け、破れてぶら下がっているのである。

これは大切に育ててきた吾が家のシンボルとも言うべき木であった。名を瑠璃茉莉《るりまつり》という。花は小さいが色は鮮やかな瑠璃色（澄んだ水色）で満開時（九月末から十二月初めまでの二ヵ月半）には細い枝に一杯花を咲かせるから、祭のように華やかで賑やかなのである。花が燥《はしや》いでいるようにも見えるのである。私はしかしこの花盛りを見ると、

白鳥はかなしからずや空の青海のあをにも染まずただよふ

という若山牧水《わかやまぼくすい》の秀歌が頭に浮かんでくる。白を強調するための空や水の青色が、私の中では白そっちのけで果てしなく拡がる。

数年前のある晴れた日、近くを散歩していると網の塀を通して見える枯れた大木の根のまわりに無数の水色の小花が咲いている。何だろう、と目を凝らしていると、枯木の根に蔓が絡まってそこから出ている細い枝にたくさんの小花がついていてそれらが悉《ことごと》く開いているのである。「ウワー、綺麗」としばし眺めた。私も無性にほしくなった。

それから二年ほど経ってその花のものらしい細くて短い苗木が花屋の店先に並んでいるではないか、私は興奮気味でさっそく買った。隣家と拙宅を仕切る万年塀の拙宅側に格子の金属製の目隠しを立てた。その真ん中辺の土に苗木を植えた。秋口だったのでそれほどその年は伸びなかった。寒さに強いと聞いていたのだが、無事に冬が越せるか心配だった。翌年青いまま苗木が残っていた時には嬉しくて嬉しくて。四月を過ぎるとずんずん伸びる。成長の早い木である。苗木のいちばん上の端を目隠しのいちばん下の横棒にちょっと引っかける。後はその蔓が右へ這おうが左へ巻きつこうがどうでもよい。蔓があちこちへ伸びて巻きついて小花をつけた小枝が無数に重なり合って、あっという間に格子の目隠しを覆い始めた。

遠目には、隣との境界に大きな水色の厚々とした壁が築かれたように見える。道を通る人はもの珍しそうに近づいてきて、「これ、お花だったの。何のお花?」「きれいですね」といって写真に収めたりする。私が二、三本切って「とても強いから、地面に差しておくとつくかもしれませんよ」と言って手渡すと「まあ、いいんですか」と目をくりくりさせて喜んで持っていく女の子もいた。

繁殖の強すぎるのも困ったもので今や、切っても切っても小枝が縦に伸び花びらを撒き散らす。私は表を掃除するのがだんだん辛くなる年齢になっているのに、吾が家のシンボルは満開時は花びらを撒き散らし続ける。私は毎日それを取り除かねばならない。もっと困るのは枝が壁を越え、隣にもたくさんの花びらが振り撒かれることである。隣家に入って掃除することもできず、隣人も私に言うに言えずさぞ不快に思っていることであろう。実を言うと、だから近年少々もて余し気味にもなっていたのである。

だからといって枯れてよいとは露ほども思っていなかったのだけれど……。

四月になって暖かい日が続いたのに、瑠璃茉莉はまったく芽吹いてこない。今年のような極寒の冬には、春先には寒さに負けまいと植物たちは頑張るのか、桜でも草花でもかえって例年より早く咲く。吾が家の昨年十一月に植えたパンジーやシクラメンはもう満開時を過ぎてしまった。木々に咲く小でまり、山吹き、万作は今を盛りと咲き誇っているというのに。

毎日見に行くのに芽吹く気配がまったくない。それどころかむごたらしい姿を晒《さら》して枯れている。

「まるで毒でも撒かれて殺されたようだね」と吾が亭主が言い、出入りの植木屋さんも「ひどいですね」と仰天し、「僕が何とか考えますが、もう少し時間を下さい」と言った。

いずれにしても木が枯れる、というのは縁起でもないことに違いない。私か夫が死ぬ予兆かな？　とふと思った。そう遠くない将来間違いなく起き得ることである。二人ともそういう年齢なのだから。

「意気消沈する必要なんてないさ」と強がるより先に植木屋さんが、

「いや、奥さま、そんな悲観的に物事を考えてはいけません。木が奥さまの身替りになってくれたのだ、と庭木に感謝なさって『ありがとう』とおっしゃって下さい」

と私を励ましてくれた。

「僕もこのスペースをうんと美しく素敵に作ろうと思います」

とも言った。

私は植木屋さんに「どうもありがとうございます」と礼を言い、植木に向かっても、「どうも長いこと綺麗に咲いてくれてありがとう。ご苦労さまでした。本当にありがとうございました」と手を合わせた。

断水

買物に出かけようと、門扉を開けると、四、五人の作業着姿の人々が、吾が家に背を向け、内側に刳《く》られた門の窪みに沿ってぐるりと腰を下ろし、私の出口を塞いでいる。向い合うように道路には七、八人が陣取り、皆して宴会でも開いているように、ガヤガヤワイワイと楽しげに食事をしている。私を見てバツが悪そうに「すみません」と立ち上がる人もいて、「どうぞごゆっくり」と私の方がむしろ恐縮して急いで走り去った。

「〇月〇日から〇月〇日まで午後一時から五時の間断水します」というチラシが郵便受けに投げ込まれ、水道工事が始められてから何日くらいが経ったろうか。チラシによれば工事期間は一週間の予定であったが、雨が降ると順延するのでもう二週間以上が過ぎてしまったような気がする。今までにも時折水道工事は行われたが、断水時間は深夜の数時間に限られていた。ところが今回は昼食後から夕食の仕度開始前の時間帯に設定された。知らされているものの、昼間である。うっかり忘れて大迷惑を蒙ったことも一度ならずあった。

工事が始まって三、四日経ったある日、少し遅い昼食後にお茶を飲もうかなと蛇口を捻ったのに一滴の水も出ない。しまった、と気付いて冷蔵庫を開けたが、この日に限ってミネラルウォーターの買い置きもない。隣り近所も断水しているわけだから、もらうことも出来ない。ないとなると無性に飲みたくなる。やむを得ず、いちばん近い八百屋に行って、やかん一杯の水をもらってきた。それから二、三日して午後三時過ぎに客人の突然の来訪を受けた。前回の失敗に懲りてやかんには水を汲み置いてあったからお茶は無事に出せたのだが、客人が「お手洗を拝借」と宣《のたも》うたのである。その日は私たち夫婦も使用し、バケツの水を使い果してしまった後だった。あわてふためいて私は「ちょっとお待ちを」と中くらいのバケツ二個をぶら下げてまた八百屋へと突っ走った。客人もさぞ参ったことであろうが、いまどき昔の汲み取り式トイレのありがたさを噛みしめようとは……。以後私はやかんにはもちろん、大バケツ二個と盥《たらい》になみなみと水を張ることを忘れぬように、さらには不意の時に備えて、それをチビチビと費やすように心掛けた。使わずに済んだ水は草花に撒いたり、洗濯の濯ぎに用いた。

いつか女優の岸惠子《きしけいこ》さんが、世界を旅して思うことは飲料水さえ満足に供給されていない発展途上国のいかに多いことか、そして文明国か否かは飲料水以外の水もザブザブと惜しげなく使えるかどうかで決る、という主旨のことをテレビで述べていたことがある。

さて、連日昼間四時間もの長きに及んで吾が家を発展途上国たらしめる工事とはいったいいかなるものなのであろうか。簡単に言えば鉛管をステンレス管に替えるのである。従来の鉛管は鉛毒を発生し、鉄ほどではないにしろ錆びるので亀裂が生じ、地震などあると漏水しかねない。そこへいくとステン管は錆びない上に新しいのはジャバラになっているから方向が自在に変えられて耐震性があるとか。

午前九時前に十二、三人の人がやってくる。まず掘削機で周囲の空気を震動させながらガガガガと道路に穴を開け、アスファルトを剝がす。そして黒々と顔を覗かせた土を三、四人の屈強そうな男たちがエッサエッサとシャベルで掘り起こし、終いにはその細長い穴の中に入って穴の周りに土を積み上げていく。その土をトラックの荷台に載せると、トラックは何処へか姿を消す、と書いてしまうと、あっという間に思えるが、ここまでの作業をこなすのに午前中一杯はたっぷりとかかるのである。

工事人の中にはヘルメットを被った三十歳くらいの女性と七十歳は優に超えていると思える高齢者も混じっている。彼らの役目は主に穴の脇を通る歩行者に危険が及ばないように配慮したり、土や道具を載せた手押車を押したり、ピッピッと笛を吹いて旗を振りながら土を積んだトラックを誘導したり、私たち住民の出すごみをごみ集積所から現場と離れた場所に移動したりすることである。二人とも荒くれ男に勝るとも劣らぬほど汗まみれになってこまめに体を動かしている。

午後からは敷設されている古い鉛管が細長い穴から取り出され、新しいステン管と入れ替えられる。直径約二十センチ、長さ五メートルくらいの管はいずれも軽いものではないらしく、土を掘る時と同様赤銅色《しゃくどういろ》をした太い腕の男たちが四、五人がかりで、ヨイショヨイショの掛け声もろとも、持ち上げたり、穴の底に横たえたりする。そこへトラックが現れ、午前中に積み上げられた土が新しいステン管の上にザーとこぼされ、踏み固められる。その上にたぶんアスファルトの原料であろう、ジャリジャリッとした黒い粒状の、でもドロッとしたようなものを撒き、鉄の土固め機で古いアスファルトとの段差がなくなるまでトントンと上から叩き、さらに大きなローラー機で伸ばし固めていく。こうして新しいアスファルトが出来上がり、午後一時開始の仕事が終了する。時刻はちょうど夕刻の五時少し前である。

一日わずか二十メートルくらいしか進めないというから、百メートルはあるであろう一ブロックをし終えるのに日数がかかるわけである。しかも最終段階に至っては、両側に建ち並ぶ家々の水道管に繋ぐ管も取り換えられた。

おかげで一ヵ月近くに亘って間歇的《かんけつ》に行われた水道工事が完了した時には、吾が家の前の道路は横一線の幅広の黒い帯と両側の一戸一戸に入っている細い黒帯によって継ぎはぎだらけにされてしまい、見るも無残になってしまった。この黒々とした帯が従来の白っぽい舗装に同化するのはいつごろなのだろうか。

もう工事のことなど忘れかけていた昨日、すっかり顔馴染みになっていた例の三十歳くらいの女性が、ヘルメットを脱いで肩まで黒髪を垂らし、駅前の寿司屋の前に立っていた。そして折り詰めの散らし鮨を大量に買い込んでいる。あら、まだこの地域で例の水道工事は続けられているのかしら？　これからまたどこかの家の門前で皆して車座になってこの散らしを食べるのだな、とちょっと懐かしく感じたら、大きな袋で両手を塞がれていた彼女が、振り返り際に私に気付いてニコッと白い歯を覗かせ、ピョコンと頭を下げた。

冷蔵庫の買い替え

今を遡ること一年半ほど前に突然、冷蔵庫の野菜室の引き出しが開かなくなったことがある。全力を込めて強引に引っぱってみたがどうしても開かない。

たまたま元外資系の電気メーカーに勤務していた若い男性の友人がきていて、すぐにみてくれた。吾が亭主はもはや高齢な爺で役立たずであるが、さすが男！　ビクともしなかった引き出しが彼の力でジャリジャリと音を立てて開いた。ジャリジャリの正体は氷であった。氷が引き出しの下に溜まっていてそれが彼の力強い腕力で砕かれたのだろう。どこかから水がそこに漏れ出していたに違いない。

私は寒がりで夏でも冷水とか氷水を飲んだことがない。汗もめったにかかないが、たまに汗だくになっても熱いお茶しか飲まない。したがって私には冷蔵庫の製氷室はいわば無用の長物なのである。最初によく電気屋さんに訊くとか、取扱い説明書なるものを読んでおくべきであった。ズボラな私は、新しい冷蔵庫を使う前に庫内の正面にある製氷停止ボタンを押すべきであったのに、それを押さずに使い続けたから冷蔵庫はその部分から機械が傷んできたのであろう。誤った使い方を長年され続けて遂に悲鳴をあげたのであろう。

電気に精《くわ》しい彼が、「いずれにしても寿命がきましたから早く買い替えた方がいいですよ」と勧めた。私はさっそくいつも買っている電気屋さんに冷蔵庫のカタログを持ってきてと電話をかけた。

やってきた電気屋さんは「今年は黒色のが出て、それがけっこう売れてるんですよ。でも奥さんの好みの色とは思えませんね」と言う。

「私は黒い冷蔵庫は使いたくないわ」と答えると、「来年になると、新しいモデルが出ますからそれを見てから新しくされたらどうです?」と電気屋さん。

「まだ保《も》つの、うちのは?」と訊くと、「保ちますとも。まだ大丈夫です」と確信ありげに言う。電気屋さんがちょっと直してくれてから、そう言ったのだから私も来年のカタログを見て充分に検討してから買おうと決めた。

年が明けたらすぐに買うつもりだったのに、ときどき多少の音はするもののどうやらスムーズに引き出しが開くようになったからもう買うことなんか忘れてしまった。そのくせどうせ新しくするのだから、もう厄介な庫内の掃除はしなくていいや、と怠け放題怠けていた。いつの間にか冷蔵庫のことなんかすっかり忘れて暮らしていた。

ところが今年の五月の終りのある日、最初に聞いた時のよりももっと深刻な悲鳴を冷蔵庫が発したではないか。あ、まだ買い替えてなかったなんて。明日にでも新しいのを買わなきゃ、私は焦る。昔から世間では電気製品から突然炎が上がったりする事故がいくつも起きている。よくもあれから一年半も働いてくれたものである。

夫も私も年を取り食が細くなった上に、私自身は年々食事作りが苦痛になってきている。夕方になると、昔なら近所に買物に行き、買ってきたものを刻んだり、煮たり、焼いたり炒めたりするのを当り前だと思ってやっていた。今はそれが億劫《おっくう》でうんざりする。

宅食というのはどうももう一つ取る気がしないので、仕方なく表に出ることになる。外食だと後片付けもしないでよい。近所の高くもない代りに大して美味しくもない十軒足らずの店へ順繰りに行って食べることになる。でも外食が続くと飽き飽きしてきて自分で作ったものを自分の家で食べたくなる。そういう時には手のかからないものを作って食べている。だから買っておいた食材が減らない。それなのに現状をわきまえず普通りに安売りがあるとすぐ買ってしまうのだから、冷蔵庫は常にパンパンである。

それで今までより一回り小さな冷蔵庫を買うことにした。

例の電気屋さんに注文して四日後に納品されることとなった。それからが大変な三日間を過ごすことになる。とにかくパンパンに詰め込まれた冷蔵庫の中を空にせねばならぬ。

中身というよりごみに近い食べ物の山をごみの袋に片端から入れていく。お茶漬けのときに食べ残した焼き鮭の半身をラップに包んだごみ、乾いたほうれん草やキャベツ、腐りかけた四分の一のメロンなどなど、古々しい食品が出てくるわ、出てくるわ。捨てても捨ててもなかなか減らない。よく今まで夫も私も食中毒にならなかったものである。

元々私は何によらずズボラな性分で、それが加齢とともに嵩じてきている。性分のみならず肉体的な衰えも年々加わってきて、家の中も整頓されていない。冷蔵庫とまったく同じ。冷凍室からは、いつのだかわからないお歳暮やお中元のハムだの鮭の燻製だのがたくさん出てきた。製氷室からも冷凍室からも数えるのも嫌なほどの保冷剤が出てきた。人に冷たいものをあげる時便利だからと言ってこんなにとっておくとは。ムダもいいところである。それらはいざ捨てるとなると重くて重くて大変であった。45リットル入りのごみ袋を四枚も使って入れたごみをごみ集積所まで持ち運ぶ時は腕が抜けそうになった。その後、足腰腕が痛くて、二日ほど動けなかった。庫内にあるのに、同じ物を詰め込まれていた冷蔵庫こそどんなに疲れたことであろう。年は取りたくないものである。

家屋解体

家屋の解体工事とは案外に時間のかかるものである。

数年前に左隣りの家が壊されるのを二階の窓から眺めたことがあった。同じ作業のくり返しで単純極まりないのに、見ていて飽きなかった。ガーッガーッと騒音を鳴らし続けるパワーショベル或いはバックホーと呼ばれるブルドーザーとよく似た機械の活躍に魅せられるのである。鉤《かぎ》の手の先端のアタッチメントを変えるだけで、壊したり、挟んだり、掬《すく》ったり、運んだり、均《なら》したりと幾通りもの作業をこなす解体工事には不可欠な機械である。物を壊すことがこんなに面白い見せ物になろうとは思いもしなかった。

建築業者もワルは位が上の連中にいるようで、現場で働く人々は荒っぽいように思われがちだが、おおむね心優しかった。内心では私たち夫婦を見てなんたる閑人とあきれていただろうに、怒鳴ることもなく心ゆくまで見せてくれた。こちらも気が咎めて二日くらい過ぎてからだが、十時と三時に見料として現場に茶菓を届けるようになった。職人さんたちは非常に喜んで毎日楽しみに待っているようであった。今は跡地に三軒の住宅が建っていて人も住んでいる。

ふだんは静か過ぎる近隣がまたぞろ解体工事で活気づいてきた。拙宅の斜め前の鈴木先生の隣りの家が壊されつつある。鈴木先生は元大学教授だが七十八歳の夫より二歳年上で、七十歳の夫人との二人暮らし。私が今の住居に越してきたころには目下解体中の家に、夫人の父上が一人で住んでいた。九十二歳だったがまだ矍鑠《かくしゃく》としていて拙宅の前を含む道路を毎日掃き清めてくれた。娘夫婦に頼らずに自炊をしていてよく八百屋や肉屋で買物をしていた。見るからに頑固爺さんという感じで頑健そのものに思えたが、ある日ひどい肺炎を患って入院して以来ほぼ寝たきりになってしまった。もはや夫人の手に負えぬ状態となり施設に入った。

いつか回復した父上が戻ってくる、と夫人は信じていたのかもしれぬが、この家がそれから六、七年も空家のままであったのはなんとももったいない話である。父上が亡くなってから鈴木さんはようやく土地を売ろうと決意したようである。

近くに住むAさんが「家を建て替える間、お隣りのお爺様のお家を貸していただけないでしょうか」と頼みに行ったら、「実は三月には更地にする予定です」と断られたという。その時、鈴木先生が「そうか。人に貸すという手もあったのに」と一人ごちて残念がったとか。今どき珍しくおっとりしたご夫婦ではないか。家屋敷も大きいし駅から近いから相当な家賃が稼げたであろうに。

建物を壊し終え、基礎石まで取り除くのにたっぷり三週間はかかった。手前にまだ少し積まれている建物の残骸のはるか向うの南面に、青々とした樹木や石灯籠《いしどうろう》が立っている。翌日には大きな庭石がいくつも手前まで運ばれてきてゴロゴロと転がされていた。工事人さんたちは「こんな重いの、パワーショベルでも吊り上げられないしトラックに積めないよ」とボヤイている。

鈴木家の前、すなわち拙宅の右隣りの家のご主人はまだ若いけれど庭いじりが大好きで、近くの国立大の生物学の助教授のせいでもあるまいが、自分の家の庭に、さながらジャングルの如くに多種多様の樹を植えている。

すでに庭石、石灯籠も複数あって、隅には砂利を敷き詰めた坪庭まで作っているのに、このまま捨てられてしまうのはいかにももったいないと思ったのか、パワーショベルでつまみ上げて道路一つ隔てた自庭に比較的小さめの石を数個入れてもらっている。まだ残されているバカデッカイ石を指さして「あれは黒田の殿様のだそうで由緒正しい石ですから、半藤さんもいただいたら?」と先生は頻りに薦める。

冗談じゃないわ。せいぜいコニファー類と今ならパンジーを植えるのが関の山のような吾が小さき庭にどうやってあのデッカイ石を入れるのよ。

翌日には、数本の大木を含む青々と葉をつけたたくさんの庭木が根こそぎ引っこ抜かれて、石の脇に倒されていた。この木々も皆捨てられてしまうのだろうか。近い将来建てられるかもしれない新居の庭にはまた新しい木が植えられるのであろうに。なんという無駄が日本中のあちこちで毎日繰り返されているのか。

それにしてもこの土地をどういう人が買うのだろう。マンションか、一戸建てか、細々《こまごま》とした建て売りか。どんな人たちが移り住んでくるのかなあ、と余計な心配をしながら、私は広々とした空地を眺めている。

真相は藪の中

「東京都S区のアパートの一室で無職の五十代の男性が死亡しているのが見つかり、遺体に殴られたような跡があったことから警視庁は事件に巻き込まれた可能性もあるとみて捜査を始めた。調べでは男性の同居人が帰宅した際アパート内で倒れている男性を見つけ、一一九番通報したがすでに心肺停止で意識はなかった」

これは一月某日のM新聞夕刊署名入りの記事の梗概である。そうだったのか、と思うほどに背筋がぞくっとしてくる。拙宅から一軒置いた隣りのアパートで起きたことだからである。

一月のある夕暮れ、外出先から戻ってきた私の脇をピーポーという音とともに救急車が通り過ぎ、拙宅の手前の私道の前で止まった。年寄の多く住む拙宅の周辺でピーポーは別に珍しい音ではない。かくいう私も骨折した時にはピーポーのお世話になった。薄暗がりの中に三人ぐらいの人が突っ立ってヒソヒソと話しているのが見える。

が、「どうしたの？」とその群れに入り込んで真相を確かめるにはあまりに寒過ぎた。私は早足に通り過ぎて家に入った。入る直前、私道の奥から救急隊員に運ばれてくるタンカを目の端に捉えた。もしあの病人か怪我人が私の知っている人であったら私は冷たすぎたかな、といささか気が咎めた。

その夜は更けるにしたがって戸外が騒々しくなる。二階のカーテンをチョッピリ開けて見下ろすと、ピカッピカッと赤い光を放つ丸いランプを頭上につけた警察の車が目の前に連なって止まっている。その上に十五人くらいの警官が右往左往していて、ものものしいったらない。よほどのことが起きたのかな？　先《さつき》の救急車と関係があるのかしら？

翌朝も早くから表は騒々しい。依然として昨夜と同じぐらいの数の警官が狭い地域を歩き廻っている。たまたまペットボトルの回収日だったので、捨てに出たついでに目の前にいるお巡りさんに「何かあったのですか」と尋ねると「いや、まあちょっとネ」といとも素っ気ない。拙宅の庭木に紐の片端が結ばれているのを発見して、「断りもなしに家の木を使っておいて、少しくらい教えてくれたっていいじゃないの」と詰め寄りたい気がしたが、とりつく島がない。仕方なく「寒いのにご苦労さまです」と引き下がった。後で三軒先の住人から聞いた話では、昨夜十一時に通る時には道に紐が張られていて通してもらえなかったという。

昼ごろ、大勢いた警官が引き上げて行ったが、一人のお巡りさんだけは残っていた。それにしてもこれだけのお巡りさんが一晩中いたのに、マスコミの姿をまったく見かけなかったというのも不思議である。

四、五日して私が玄関前の鉢植に水を遣っていると、問題のアパートと塀一つ隔てて隣り合っている私道のいちばん奥のK夫人が遠慮がちに「半藤さん、私、恐くて恐くて」と震えながら蚊の鳴くような声で呼びかける。「エッ?」とふり向くと、「シッ、聞こえます」と唇に人差し指を押し当てる。玄関の中に入りたいようである。「どうぞ」と一緒に屋内に入っても、まだ不安そうにアパートの方に背を向けて聞き取れないようなかぼそい声で話し出す。

「バカヤロー」とか「この野郎」とか荒っぽい怒声が、毎日アパートの方から聞こえてくる、彼女の家の風呂釜の排気口がアパートへ向けてつけられているから、それを根に持って今に彼女の家に刃物でも持って押し込んでくるのではないかと思うと、夜も寝られないしご飯ものどを通らない、と泣きそうになっている。

「まさか」と一笑に付せないのが現代で、何が起こってもおかしくない。何が起きたのか皆目見当がつかない上に、今はすぐにキレる人が増えているから若いK夫人が不安や恐怖を抱くのはもっともである。私のような年寄が役にも立つまいがとにかく拙宅の電話番号を書いた紙片を彼女に手渡しておいた。

その夜「M新聞の記者ですが」と名乗る男性がアパートのことを取材にきた。「私が知りたいぐらいです」と答えたらすぐに引き上げて行く。そして翌日の夕刊に冒頭の記事が載ったのである。私はさっそくにその記事を切り抜いて「今回のことと奥さまとは何の関係もないと思いますからあまりご心配なさらないように」という手紙を添えてK夫人の家のポストに入れておいた。

道でばったりあったK夫人は、「とても心強く感じました」と丁寧に礼を言い、あれから警察に行って詳しいことを教えてほしい、こちらの対処の仕方もあるからせめてアパートのどの部屋で起きたのかだけでも教えて下さい、と懇願したことを話してくれた。しかし個人情報保護法一点張りで警察は一切教えてくれない。あげくに自分の身は自分で守りなさい、と言い渡されたという。これじゃアメリカ並みに日本人もピストルを持たなければならないじゃないか。ノイローゼになるほど脅えている現場隣りの一主婦の不安くらいは「パトロールを強化しましょう」と言って、取り除いて上げて下さいよ。

その後も現場周辺で警官の姿やテレビ撮影隊の姿を見かけた。「二人はいつも一緒に買物に来た」「死亡した男性は肝臓を患っていたのに、食堂で酒や油っこいものを同居人に奨められていたから、保険をかけられていたのかな」「二人は喧嘩したのだ」などなど憶測と噂が商店街では乱れ飛んでいた。

いつの間にかぴたりと騒々しさが止んでいる。真相が藪の中の上に、警察も頼れないらしいから、静けさが戻ってきても、私たちの不安は解消するどころか、いまも戦々兢々である。

まちと仲間と

柚子とうがらし

昨年の暮れ、正月用にと大きな段ボール箱一杯の柚子が拙宅の玄関にどさりと届いた。早く奥に納《しま》い込まなければと思いつつも、重いのと多忙だったのとで、荷を解いたまま少しの間、玄関に出しっ放しにしておいた。いくら腐り難い季節とは言え、こんなにたくさんは必要ないから近所に住む友人たちに少しずつ分けようと思いながら、ちょっとだけ軽くするために、五個を取り出して冷蔵庫に入れた。

そこへ拙宅の後ろの家に住む奥さんが回覧板を持ってやってきた。いつもならポストに突っ込んでいくのだが、その日は吾が家のチャイムを鳴らし、門扉を開け、私が扉を開けるや、彼女は玄関内に足を踏み入れる。「これ、お裾分け」と言って紙袋に入れたりんごと回覧板を素早く床に置きながら、ちらっと大箱の中にごろごろころがっている柚子に目を走らせる。

ああちょうどよかったという思いとだらしなさを見咎められたような照れ臭さも手伝っ

て、「これ、お好きなだけお持ちになって」と私は柚子を指さした。彼女は一人暮らしだから、正月の雑煮用と鍋の二、三回分なら、多くて四、五個しか持っていかないだろうと私は高を括っていたのである。

ところが彼女は「あら、いい柚子ねえ。本当に好きなだけいただいてよろしいの？」と目を輝かせ、「じゃ、あれ、作ろっと」と声を弾ませ、私がさし出すビニール袋に十個ぐらいの柚子を詰め始めた。そして「教えてさし上げるから、奥さまもぜひお作りなさいませ」と柚子とうがらしの作り方をひとしきり弁じた。

柚子を一週間近く日干しにして水分を飛ばしカラカラにしてから皮だけを擦り下ろし、それと酒と味醂《みりん》で伸ばした味噌少々と七色とを混ぜ合わせる。それをそばやうどんの汁や鍋もののたれにちょっと入れると一段と風味が増す。

市販の瓶詰めのものより遥かに美味しいと彼女は力説する。

この暮れの忙しい最中に、大量の柚子の皮を擦るなんて考えただけでもぞっとして、怠け者の私は「そうお、たぶん私は作らないと思います」と気のない返事をした。

「それなら私が作ってさし上げるわよ」と意を決したような面持ちで彼女は断言する。

「いいえ、そんなご面倒をおかけしては」とあわてた私はひたすら辞退する。

「お正月には娘夫婦もくるから手伝わせるわ。じゃお宅の分も入れて全部いただいていくわね」と唖然とする私にかまわず残り数十個をせっせと彼女の大きな買物袋に詰め足した。彼女は「こんなにたくさんあったって、あなた、作ればこれっぽっちになっちゃうのよ」と人さし指の先に親指の爪を押し当て目を細くする。最後に「本当に全部いただいていいのね」と彼女は念を押した。

「全部は困ります。ほかの方に上げたいですから」とはっきり断ればいいものを、私は何やら蛇ににらまれた蛙のように竦《すく》んでしまって「ええ」と力なく頷くだけだった。

私が彼女に気圧《けお》されるにはわけがある。今の家を建てるに当って「ご迷惑をおかけいたしますが」と前もって挨拶に行った時、初対面の彼女は、建ち上がるのに、どれくらいの日数がかかる予定か？　と尋ねた。

工事は遅れることはあっても早まることはないから半年くらい迷惑をかけるかもしれないと告げると、彼女はよほど虫の居所が悪かったのか、あからさまに「エーッ？　不愉快だわー」と眉を顰めてみせた。これにはびっくりした。内心どう思っていようと、ほかの未来の隣人たちは「お互いさまでございますから」とか「ご丁寧に」と答えてくれたというのに。彼女の大仰な顰め面は、私を震え上がらせたと同時に、おっかない人と隣人にならなければならないのか、と私を心から憂鬱にさせたのである。

それでも家が建ち上がって越してきてから、重い足を引き擦ってビクビクしながら「大変にご迷惑をおかけいたしました」と挨拶に行った時には、「建設中は施工者の責任だから奥さまがお気をお遣いになることはないのよ」とにこやかに彼女は応対してくれた。こういう自分の感情をそのまま言葉に出す人は案外気がいいのではないかと私をホッとさせたが、私を震え上がらせた第一印象があまりにも強烈だったので、今でも私は完全に怖れを拭い去れずにいるのだろう。

しかし実際彼女はサバサバしていて面倒なところがなく、しかも実にマメな女性である。七十歳を過ぎているのに、一クラス三十人くらいの社交ダンス教室を三ヵ所に開いていて、そこに自分の手料理を運んで生徒たちに振舞っているそうな。「だから赤字なのよ」といつも嬉しそうに嘆いている。ダンス仲間のお年寄りにも食事やおせち料理を細々と作っては自転車で運んで世話をしているという。背筋がピーンと伸びていて、私より五歳以上年上なのに、私より十歳ぐらい若く見える。電車で三駅の繁華街まで一日おきに四十分歩いてリュックを背負って買い物に行く。

正月の五日に彼女は小さな七色の瓶を二本持って吾が玄関先に現れた。

「ほら、あれだけあったって家が二本、お宅が二本、娘のところが一本分しか取れなかったのよ。一本は冷凍なさっておいて」と満面の笑みで私にそれらを手渡した。

もう三月も終ろうとしているが、私はまだ冷凍してある二本目に手をつけていない。

一本目をそばやうどんや鍋ものを食べる時にずいぶんと役立たせてもらった。ないからと言って困るほどのものではないが、ちょっと入れると、やはり風味はぐーんと増す。手作りであるところがまた格別なのかもしれない。

柚子を全部持っていかれた時には、本当にあっけにとられたが、今日も柚子とうがらし入りのおかめそばを啜りつつ思うのである。おっかないと感じた時もあったけど、よき隣人なんだよなと。

鈴木さんのお弁当

表に人の気配を感じて目が覚めた。午前七時半。カーテンを開けて見上げると、高い梯子の天辺《てっぺん》に座って、初夏の朝日を一杯に浴びた鈴木さんが、吾が家の庭でいちばん高い沙羅双樹《さらそうじゅ》の枝を切っている。

そろそろ来てね、と四、五日前に頼んだ時には、本人は留守で、電話に出た奥さんが、「さー、どうかしらね？　だいぶ弱っちまって、お断りしてるみたいよ」と言った。

言われてみれば鈴木さんは八十歳を四つも超えている。いつかそういう日が来ても止むを得まい、と半分納得しつつもすぐに他の人を探す気にはなれずにいた。

一見細いが、たくし上げたシャツの下から見える汗の吹き出た赤銅色の腕はむしろ骨太で頑健そのものに見える。チョキッチョキッと枝を下ろしていくきびきびとした手つきは二十年前と少しも変らず、屋根よりも高い位置にいて少しも不安を抱かせない。下で落ちた枝や若葉を掻き集めて手際よく縄で束ねていく、鈴木さんがおじさんと呼ぶ相棒も八十歳だ。

「よかった来て下さって。今年はダメかなって心配してたの」

と私は心底ほっとして言った。

「死んだってくるよ。ここんちには」

「イヤだ。お化けになって出てこないでよ」

「ハハ……」

軽口も野太い笑い声も相変らずで、とても奥さんが言うように弱ったようには見えない。

「お元気そうじゃない」

「そうでもねぇよ。ここんとこ親しい友だちが続けて三人も逝っちまって、しばらく仕事する気になれなくてよー。奥さんの年じゃ俺らの気持は分んねぇだろーけど……」

とんでもない。たとえ一年一回のつき合いでもこの名コンビが来てくれなくなる日を想像するだけで、鈴木さんよりずっと若い私だってほとほと力が抜けてくる。

鈴木さんは毎朝四時前に目覚めるという。夏ならそのまま表に出て畑仕事をするからいいが、冬は体の置き場に困り果ててしまう。「おじいちゃんたらもったいない」と奥さんに叱られても、電燈をつけて炬燵に入ってテレビをつけるしかない。

同居している営業マンの長男は接待したりされたりで毎日帰りが遅い。「『十二時過ぎに帰ってくるような奴は人間の屑だ。待ってることはない』って嫁に言ってやるんだ」と言っていたが、鈴木さんの理屈からいうと、我が夫婦はそろって人間の屑である。「やかましいお舅さんでお嫁さんも大変ねー」と憎まれ口をきくものの、まだ家長としての地位を厳然と保ってバリバリ働いている鈴木さんを私は尊敬している。

鈴木さんは私の家の近く一帯の大地主だから、地代の上がりだけで悠々と暮らせるのに、「ご先祖さまからいただいたものを俺の代で減らすわけにはいかねえからよ」と起きているあいだじゅう働いているらしい。造園の片手間に、誰の手も借りずに野菜を作って八百屋さんに卸している。

いつだったか吾が家の仕事が終った夕方、「奥さん野菜を上げるからついてきな」と言ったので、鈴木さんの後ろから私も自転車を走らせた。十分も行くと、腰を抜かしそうな和風の大豪邸の前に着いた。石橋のかかった錦鯉の泳ぐ大きな池や、納まるべき位置で形よく刈り込まれた木々がそれぞれの美しさを誇っている見事な庭園を見た時には、こんな人に手間賃を払っていたなんて、と愕然とした。裏に廻ると広々とした畑があり、いんげんやキュウリやトマトが鈴なりに生っている。足許にはよく葉のまいたキャベツがごろごろところがっていた。それらを惜しげなく鋏や鎌で切り取って、自転車の籠に入りきらないほど積んでくれた。

「そろそろ俺も死ぬ準備をしとかなくちゃ」と鈴木さんは四、五年前に自宅近くの地所にマンションを建てた。宏大な土地に見合った莫大な借金を作ることで、少しでも相続税が軽減するようにとの、遺された人々への配慮からであろうか。これがまた贅沢なマンションで、広い敷地を目一杯使わずにたっぷりと余白を残して建てられている。そこは瀟洒《しょうしゃ》な日本庭園になっていた。

「奥さん、丹下《たんげ》健三《けんぞう》って知ってる？」

「もちろん名前だけはネ」

「俺んちのマンションの設計者はその人の一番弟子なんだってよ」

そんな高い設計料を払えるらしいのに、「これはよー」と着ているシャツの脇をつまみ上げて、「麻布の方のお屋敷の奥さまが『植木やさんこれお古だけど着て下さる？』ってくれたからよー」と言う。これではご先祖さまから受け継いだものを増やしこそすれ減らすはずがない。

十時になった。お柏とおせんべいを出した。以前は出したものを残らず平らげてくれたのに、鈴木さんはおせんべいを少しつまんだだけ。お茶だけは前と同じように何杯もおかわりして、茶碗を両手で抱え込みながら啜り上げて飲んでいる。四つ年下のおじさんの方はパクパクと大きな口を開けて食べてくれる。

十二時になると、飯食ってくる、と二人して消えた。昔は、鈴木さんは愛妻弁当ならぬ愛嫁弁当を持参して吾が家の軒先でその蓋を楽しげに開けた。幼稚園に通っているお孫さんのと一緒にお嫁さんが作ってくれると言っていた。覗くと、ウインナソーセージや卵焼きや鮭やミートボールや空豆やピーマンやフルーツが一杯に詰ったとてもカラフルなお弁当であった。お孫さんたちも成長してお嫁さんもお弁当作りから解放されたのだろう。

三時のおやつの時も鈴木さんは果物しか食べずお菓子には手をつけなかった。それでも年の功といおうか、さすが年季といおうか、仕事の巧みな手さばきは衰えていない。お茶を飲み終えてからいくらも経たぬうちに、伸びていた雑草もきれいにむしられていた。

「来年もまた来てね」と見送る私に、「生きてたらな」と答え、長い梯子を脇にくくりつけた自転車を鈴木さんはゆっくりと漕いで行く。

クリーニング屋さんのこと

今年はいつまでも寒さが去らず、私が冬物一式をクリーニング屋さんに出したのは冬も終わって、かなりの日数が経ってからであった。翌週きた店員は「先日お持ちした冬物の中に裏をそっくり取り替えれば新品みたいによくなるご主人のジャケットがありましたがどうなさいます？」と訊いた。

「いくら？」

「だいたい五万くらいです」

「ウワー、高いのね。でも新しいのを買うことを思えば直してもらってもいいかもね」

と私は直しを承諾した。

この店とは四十年来のつき合いである。この業界では一番と言われているH舎というクリーニング業者である。値段も他店よりかなり高いし、私は一流好《ごの》みでもブランド好《ず》きでもないから、その店を知人に紹介された時にはちょっと迷惑だなという気がした。

四十年前に新居を建ててそこに二十年間住んだのだが、その間中H舎を使っていた。いま住んでいる家に越す時、止める良いチャンスがきたと喜んで、「うち今度引っ越すからお宅ともお別れだわ。どうも長いことご苦労さまでした」と言うと、「どちらへ?」と私から引越し先の地名を聞き出した。そして「そちらには当社の出張所がございます」と言って、私の家の洗濯物を持ち帰った。

本当に引っ越した早々、新居に初めて見る顔の係が「初めまして。H舎の〇〇です」と仕上がった洗濯物を持って現れたではないか。以後この地に住み着いて二十年間に四、五人の係が変わっていったが、H舎とはそのまま縁がつながっているのである。

いま来ている入社したての坊や(本当に小柄で可愛い)は一昨年に「こんど僕が所長になりまして」と嬉しそうに報告する前任者に連れられてやってきた。良い子であるが、あまり体が丈夫でなさそうなのが気になる。私がカーテンの洗濯を頼んだ時、洗い上がったカーテンを腰痛で体を伸ばせず元の位置に掛けることができなかった。時々マスクをかけて咳をしている。たぶん会社の激務が自身の体力を上まわっているのであろう。

夫はサラリーマンをしている時には、スーツやワイシャツをいっぱい持っていた。シャツはほぼ毎日着替えていたから吾が家はH舎の上得意の方であったかもしれない。ところが退社して自由業に転じてからは一着もスーツを新調したことがない。それに私が家で洗えるシャツとかセーターを好んで買うから、もはやH舎にとっては上得意ではなくなっているはずである。坊やは自分の成績を上げたいがために夫のジャケットの直しをすすめたのかしら？

そんなことをぼんやりと考えていたら、五月にジャケットの直しができ上がってきて、月末には集金にきた。他のものも含めてであるが、いきなり八万八千円の請求書を突きつけられた。クリーニング代にしては高過ぎるじゃないの、と理不尽ながらちょっと不機嫌になった。実際私の財布の中身は、九万円ぐらいだったのである。

「ねえ、あまり高額だから、今日と来週二回に分けて払ってもいい？」と頼んだら、「それは困ります。吾が社にはそんなシステムはありません。一回払いにしてください」とけっこう強く拒否した。

「ナンダ！　一銭も払わないと言ってるわけじゃないじゃないか。いつも空きっ腹のような顔をしているから、時々おまんじゅうだのクッキーだのを上げるとニコニコホクホクして、ちょうどお腹空いていたんです。助かります、と喜んでいたじゃないか」

と内心憤りがこみ上げてきて、

「そんなシステム止めなさいって所長さんに言っといてよ。私もお宅とのおつきあいをやめるから」

と怒鳴りながら、仕方なく有り金全部を財布から出して、金額を支払った。「ハア、ありがとうございます」と、もはや坊やならぬ小僧（？）は頭を下げて帰って行った。

でも近くのクリーニング屋まで持って行くのは面倒だなあ、と翌週迷っているところへ小僧がいささか緊張した面持ちで「コンニチワ」と声を出し所長と二人でやってきた。所長が平身低頭して、「僕の方から本社にお客さまのご要望を文書で出しまして、これからそういう方向に向けて努力いたしますから、どうかお止めにならないでください」と懇願した。私は相手に下手になられるのに、もろに弱い。一週間前の大剣幕もどこへやら、その日もセーターを出してしまった。黙って立っていた坊やはニコッとしてそれを受け取ると、「ありがとうございました。ではまた来週」と言って、はじかれたような足どりで帰っていった。

気になるばあさん

「あのばあさん、今日もいないね」

と店内を見廻しながら夫が言う。先月私たち二人がここへ来た時も、私が一人で二週間くらい前に寄った時もあのばあさんの姿はなかった。それまではいつ来ても、まるで砂浜の岩に張りつく磯巾着《いそぎんちゃく》のようにいたというのに。

ここは渋谷道玄坂上にある、私たちの行きつけのうなぎやである。月に一、二遍か、間隔を置いても二ヵ月に一遍の割で顔を出し始めてから六、七年が経つだろうか。人を誘ってくる時もあれば、一人でふらっと寄る時もあるが、夫婦二人で訪れる時がいちばん多い。

昔からうなぎは好きであった。夫がどこかから「週に一遍食べてると老化が進まないんだってさ」と聞いてきたのと、舞台に出演中、血管障害で倒れた女優の山田《やまだ》五十鈴《いすず》さんが、「『てんぷらは控えていただきたいが、うなぎは血の流れをよくするから食べていいです』とお医者様がおっしゃいました」と、いつかテレビで語っているのを聞いてからは、食べる回数が少し増えた。

拙宅から行くのにそれほど時間のかからない、どこかに美味しいうなぎやがないものかと探している時に、夫がよく行く渋谷の飲みやのおかみさんが教えてくれたのが、道玄坂上のこの店である。

通い始めてからかなり後になってからだが、ここは精神科医にして日本を代表する歌人、斎藤茂吉《さいとうもきち》御用達の店であったと知る。

あたたかき鰻を食ひてかへりくる道玄坂に月おし照れり

ということの店の帰りを詠んだとされる歌も残っている。余談だが、茂吉のうなぎ好きはつとに有名で、「鰻を食べると選歌もはかどる」と日記に記しているし「鰻を食べると周囲のみどりも輝いて見える」と言ったとも言われている。長男茂太《しげた》氏の結納だかの席で、茂太氏の未来の花嫁が、コチコチに固くなって食べずにいたうなぎを茂吉が「ちょっとそのうなぎ僕にちょうだい」と手を伸ばして食べてしまったという話もある。『文献茂吉と鰻』（短歌新聞社、一九八一年）という本もあるそうな。

そんな風であるからこの店には、いくつかのうなぎ料理があるのはもちろんだが、刺身、てんぷらのほか一通りの肴やつまみ類も揃っていて、いずれもそこそこ美味しいから、うなぎ好きでない人とも同伴出来る。駅からはちょっと距離があるし、表通りに面しているのに両側のノッポのビルに挟まれて、この店のビルだけが車一台分以上も奥に引っ込んでいる。うなぎという幟こそ道路に面して立てられているものの、よほど注意深く右側を見て歩かないと通り過ぎてしまう。私たちでさえ最初の二、三回はその失敗をやらかした。ふりの客が入るということはまずあるまい。知る人ぞ知るという店なのであろう。だからいつ行っても混んでいないというのも嬉しい。

やっと着いてガラガラと格子戸を開けると、「はい、ご新規さんお二人」と、突き当りの帳場に座っている和服姿の年輩の男性の声がかかり、「どうぞ下へ」と言われてしまう。地階に下りると、ようやく壁面にぐるりと黒いみかげ石を張り巡らした、客室に到着する。三ヵ所ほど石が抜かれベージュの聚楽壁《じゅらくかべ》が覗いているが、そこに額とか掛軸が掛けられていて、その下に嵌《は》め込まれた黒塗りの棚に小さな生の活け花が飾られている。一見凝っていて重々しく見えないこともないが、金がかかっているであろう割には、垢抜けない内装である。

さてばあさんの出番である。よっこらしょと階段を下りると、「いらっしゃいませ」とドスのきいた声でばあさんが出迎えてくれるのが常だったのである。七十歳はとうに越えているが、八十歳にはまだ遠いという感じ。小柄で痩せぎすで一年中和服で通している。内装にそっくりの雰囲気を漂わせているのがおかしい。夏だってきちっと白足袋《しろたび》を履いて上等そうな帯を胸高に締め、たすきを掛けて大きな前掛けを締めている。割烹着《かっぽうぎ》を着けている時もある。パーマっ気のまったくない、黒々とした豊かな髪を高く結い上げている。背筋をピンと伸ばして「何になさる？」と赤く紅を引いた唇をちょっとひん曲げて斜《はす》かいに見下しながら、注文を聞く。決して「何になさいますか」とは言わない。その物言いといい、態度といい、一種独特な威厳が備わっていて、客の私の方がつい「恐れ入りますが、熱燗と赤貝の酢のものと……」などと、おずおずとばあさんを仰ぎ見ながら注文させられてしまう。その上に運ばれてきた野菜の炊き合わせや茶碗むしになかなか箸をつけずにいると、他のテーブルに物を運びながら、ちらっとこちらに目を走らせ、「冷めると味が落ちるから早く召し上がれ」と容赦なく命令する。

だからテーブルの脇をばあさんの細い体が擦り抜けて行くたびに、ビクッとさせられ、店にいるあいだじゅう、嫌でもばあさんの存在を気にせざるを得なくなる。こういう人を存在感があるというのだろう。だからてっきり店のおかみさんだと思っていた。

ところが、「うなぎは食べたいけどあのばあさんがいるんでねぇ」とぼやいていたという例の飲みやの常連客から、夫が仕入れた情報によると、ばあさんは古くからいるけれど（と言っても茂吉先生が通っているころにはいなかったと思うが）おかみではなくて、ここ二、三年いつもばあさんの手下のように働かされている若い女性の方がこの店の娘さんだというではないか。これにはびっくりした。

前回も前々回も今日も、そのお嬢さんが一人楚々とした風情で立ち働いている。美しくてほっそりしていてしとやかで優しい。彼女が運んできてくれるとほっとする。が、あのばあさんの顔を見ないとなんとなく物足りなく、ここに来た気がしないのはどうしたことか。

少し客が増えてくると、板場から見習らしいお兄ちゃんが駈け下りてきてお運びさんに転ずる。お兄ちゃんがいくら私の脇を通っても全然気にならないし、前回も前々回も店を出た途端にお兄ちゃんの顔を忘れてしまった。

いったいばあさんはどうしたのだろう。年も年だし、病気にでもなったのだろうか。怪我でもして臥せっているのか。こういう店にも定年があるのかな。それとも通うのも運ぶのもしんどくなって自ら去って行ったのかしら？

「あのばあさんどうしたんですかって訊いてみな」と夫が小声で言う。「やーだ」と私。いなければいないで気を揉ませるばあさんである。

逞しい女性

野崎さんがまた本を買って下さるという。私の『老後に乾杯！』（ＰＨＰ文庫）は、税込み六百八十一円だからまだしも、夫の『日露戦争史１・２・３』（平凡社）は一冊千六百円もするから全三巻では税込み五千二百八十円もかかるのに、つい一週間前にも二十冊ずつ買ってくださったばかり。彼女は昔から太っ腹であった。

彼女と初めて会ったのは、銀座の遠藤波津子着付教室である。私が五十八歳の時であるから、二十一年も前のことになる。一クラスに五、六人はいたのに、十歳年下の彼女とはどういうわけか気があって、稽古終了後、一緒にランチを食べながらお喋りすることが多かった。

彼女は色白で眼のパッチリした美人で仕立ての良いスーツを着こなしていた。自分は赤坂に料亭を開いて女将になる。その時のためと、交通事故で重傷を負い、いま治りつつあるのでリハビリのために着付けを習っていると言っていた。彼女の当時の職業は不動産屋の社長であるとも語って、「へーえ」と私を二重に驚かせた。

豊島区、特に池袋から大塚あたりに宏大な土地を持っていて、町中に貸ビルや貸マンションを建て、ビジネスホテルもいくつか経営している。つまり親から譲り受けたご主人の財産を管理する不動産会社をご主人が造った。そのご主人が、ご両親と二人のお嬢さんを遺して急逝した。たまたま一人息子であったために、彼女がすべてを継ぐことになった。お嬢さん二人がすでに有名私立大学の附属小学校に入学していたので、先々受験の心配がなく、それだけでもホッとした、とも彼女は言っていた。

舅、姑、夫と二人の娘に囲まれたごく普通の主婦として生きてきたのに、生活が百八十度転換したのである。無我夢中で働いたが、いきなりビジネスの世界に入ったのだから、最初は失敗して大損をしたり、逆に恐いもの知らずで意外に儲けたりすることもあったという。自分は奥さんしかできないのだ、と思い込んでいたが、一年ぐらい経ってからだが、気が付くと仕事が面白くてたまらなくなっていた。仕事は面白くなる一方であったが、遮二無二働いているだけではもの足りなくなってきた。そこでいろいろな人に会える職業、料亭を思いついたという。もちろん不動産会社はそのまま続けていくつもりであるが、ズブの素人が水商売なんて、とんでもないと親戚友人一同に猛反対されたが、彼女の決心は固かった。

そして着々とその計画を進めている最中に私たちは知り合ったのである。まもなく彼女の料亭はオープンした。当時バブル期が終わりかけていたので、三万、四万円もする懐石料理店が次々と立ちゆかなくなっていった。彼女は仕入れ値を抑えて価格を低く設定した。それがちょうどその時代の波に乗ってずいぶんと店は繁昌した。隣の店も買い土地を拡げ、カウンター席を設けるようになる。が、やがて不況に次ぐ不況で、安目に設定した価格さえもはや人々は受け入れ難くなり、あまり繁昌しなくなった。

私も昔は友だちを誘って、特に昼食が安かったのでよく訪れたが、年を重ねるにつれ外出が億劫になって縁遠くなっていった。その間に彼女はパッと店を閉めてしまった、と聞いた。彼女の思いっきりの良さ、決断の早さは瞠目に値する。

さらに驚いたことには、最近、彼女は髪こそまだ下ろしていないが、仏教大学に入って勉強し、尼さんになったというのである。しかも店を閉めた後、建物をこわして、その跡地に納骨堂を建てたそうである。彼女はくよくよしたり、めそめそしたり、後悔したりしない女性である。人に会いたいから料亭を開くと言っていたその目的も、政財界の大物をはじめとする多くの人々が客として来てくれたから達成し、充分に満足していることであろう。

私は本を出すと必ず彼女に一冊進呈してきた。今度もそうしたのであるが彼女から突然電話をもらった。「開店時には、ご夫妻そろってあんなにたくさんお客さまをご紹介いただいてお世話になりましたのに、閉店時にはご挨拶もいたしませんで本当に失礼いたしました。お詫びと申しましてはなんですけれど、ご本を買わせていただきますネ。半藤さん、昔とくらべるとずいぶん文章がお上手になられましたネ」と言われた。そう言えば彼女と知り合った時にはまだ私は文章なんて書いていなかったんだっけ。私は著書を買っていただいたお礼を繰り返し述べてから、

「野崎さん、私が死んだらお経をあげてね」

と頼んだら「何をおっしゃるの。半藤さんて相変わらず面白い方ね」と彼女の昔通りの明るい笑い声が受話器の中で弾けた。

合縁奇縁《あいえんきえん》

ある朝九時ごろ、ごみを出そうと表に出ると、吾が家の門口にお年寄りが見えた。やっと立っているという感じ。正確な年齢は見当がつかない。あとでその老婦人は八十七歳である、と私に告げた。

身体が細いせいかひどく衰えているという印象を受ける。白髪はオカッパでストレートと言いたいが、前髪は垂らしていない。

「半藤さんですね」「ハイ、半藤ですがご用件は?」と訊くと、茶封筒から大判の写真を取り出し、ご主人さまに差し上げたいと申し出た。「少しお上がりになりますか」と私はあえて声をかけなかった。寝坊の夫はまだ寝ているし、今は落ち葉の散る時期だから塀に沿って念を入れて掃かねばならない。とても突然の訪問客とお喋りをする余裕はなかった。帰る彼女の後姿を視界から消えるまで見送った。歩くことのみに集中しているその後姿の何とはかないことよ。

封筒から取り出した大判の写真には、軍装に身を固めた何人かの海軍軍人が軍艦の甲板に並んでいた。どうやら記念写真で、丸顔で眼鏡をかけた軍人が彼女の父上であるらしい。小学生のころなら襟章や勲章を見ればすぐに階級がわかったが、今はトンとわからない。

別の写真には、やはり軍艦の甲板上で撮られているが、最前列中央に若き日の昭和天皇が写っている。まだ皇太子であった裕仁親王が訪欧された時、老婦人の父上はそのお供をしたという。

夫が目覚めてから、今朝の老婦人の来訪を告げながら、数枚の写真を見せた。

「オヤ、これは戦艦大和の艦上で、沖縄特攻で戦死した司令部の連中が勢ぞろいしている有名な写真だけど、こんなにきれいに撮れているのは初めてだぞ」と素っ頓狂な声をあげている。

「踏切の向こう側に住んでいらっしゃるらしいけど、あなたがこの辺に住んでいるのをご存じでわざわざ届けて下さったのよ」

「へーえ、でも俺たちだって間もなくあの世にゆくのになあ。今ごろいただいてもねー」

と夫はつれない返事をする。

「それなら戸高《とだか》（一成《かずしげ》）さんにあげればいいわ」

戸高さんは私たちの古くからの友人だが、私たちよりもずっと若くて、創館以来、広島県呉市の大和ミュージアムの館長をしている。夫は四人いた名誉館長のひとりである。八十八歳の夫には、広島県は遠過ぎて就任以来一度も行ったことがない。

そこへいくと、一昨年、漱石終焉の地に建立された漱石山房記念館の名誉館長を仰せつかって就任している私は、秋など多くのイベントが催され、その都度記念館に行き自分に課せられた任務を遂行している。ご挨拶とか偉い先生方のご紹介とかで、同じ肩書でも夫には大いに差をつけている。

話が横道に逸れたが、老婦人に話を戻す。

吾が家の近くにある店で、夫をはじめ歴史好きの元大学教授、新聞、雑誌の記者、元お役人などが歴史探偵団と称して勉強会をやっている。戸高館長もその一員なのである。たまたまその会が三日後に開かれる予定であった。

さっそくに夫が電話をかけ、事情を説明し、写真をミュージアムに進呈するから会の始まる少し前の数分間を割いて、例の老婦人にお礼を言ってくれないか、と頼んだ。戸高館長は、探偵団の勉強会の当日に喜んだ私たちと一緒に老婦人邸に赴いた。

終戦後に建てられたという昔の家だが、掃除が行き届いているせいか古々しくもみすぼらしくも見えない。私たちは別棟のレンガ造りのモダンなゲストルームに通された。

ご主人が画家で老婦人は銅版画家であったという。「(吾が夫が勤めていた)『文藝春秋』の挿絵や『別冊文春』の表紙を描いていたから文春様々でございます」と老婦人は微笑んだ。室内の片側の壁にはご主人の油絵、向かい側の壁には老婦人の銅版画がずらりと並べて掛けられている。

十分も談笑して「そろそろ失礼いたします」と立ち上がりかけると、彼女が「あのー、これ」とお尻の下から白い細長の封筒を出して差し出した。一目でお札と察しがつく。「それは困ります。貴重なお写真のお礼に伺っただけなのに」と館長と名誉館長の男二人はきっぱり断っている。

「そうではございません。これ漱石山房記念館に寄附させていただきたいのです」

途端に「えっ」と男どもは跳び上がって驚いた。

「呉にも私は子どものころ住んでおりましたが、実家は早稲田でございます。祖父は漱石先生とお会いしておりましたでしょう。父は毎晩漱石全集の一冊を枕元に置いておりました。あのころどこのお家にも本棚に漱石全集が並んでおりましたねえ」

「ええ、でも奥さま、お金は必要でございますよ。とっておおきになった方が」

「いえ、そのお金は充分ございます。年に何回か下りてくるお金もございまして私は何も買いませんから貯まっていきますの」

後日、二人のお供を連れた新宿区の担当部長が、区長の感謝状を老婦人に授与するために老婦人邸を訪れた。ありがたいが奇《く》しきご縁で、孤独のお年寄りからこんなにしていただいてよいものか、と私の気持ちは複雑である。

珍妙な晩餐

「もういくつ寝るとお正月」と声を張り上げて正月を待ち焦がれたのは遥か昔、七十年以上も前のことである。大人たちは特に女性は、おせち作りや大掃除で大忙し、とても子どもなど構っていられない。子どもは表には寒くて遊びに行けないし、家にいれば邪魔者扱いされるし面白くないことこの上ない。

それでも一夜明けて元旦を迎えると、家中盛装して、私も振袖を着せてもらい、家族そろって食卓の定位置に着き、皆して「あけましておめでとうございます」と挨拶し、屠蘇《とそ》を口に含んで祝いの日は始まる。

昼間は羽根つきをしたり、いろはガルタやすごろくをして、年のはなれた姉兄たちが私にサービスしてくれた。夜になると、大人たちは百人一首に興じた。とにかくお正月は私の幼いころは特別なおめでたい日であった。年々正月は連休である以外、特別に祝わねばならない日ではなくなりつつある。

それはさておき、今年の私たちの正月はどうであったか。大晦日には毎年送ってくださる方のおかげで、三が日におせち料理をいただくことができる。毎年遅い午前中に起きて、一杯目はお屠蘇で祝い、二杯目からは日本酒に切り替えて三合ぐらいを、おせちを摘まみながら飲んでいた。今年は屠蘇散を買い忘れたので、最初から盃に二、三杯ずつぐらい日本酒を飲んで終わりにした。三葉《みつば》や小松菜のやたらに多い餅一個入りの雑煮を食べる。二日もそうだった。三日目の朝には、「暖か過ぎる陽気だから早く食べた方がいいわね」と三段重ねのおせちをすべて食べ尽した。

「今夜はどうしよう」

「三日には開けます、ってPCが言ってたよ」

PCとは私がくたびれ果てて買い物や食事の支度をすることができない時に駆け込む、すぐ近くの喫茶店兼イタリアンレストランである。今年は底冷えのする日がなかった。それで暗くなってから、家を出るのもそれほど億劫ではなかった。

拙宅の前の通りには人っ子一人通らず森閑としている。少し歩いて表通りに出ても両側の店々の灯は点っていない。街灯のみが照らす商店街は、人影もまばらなので一きわ侘しげだった。一軒だけ開けている角のボンジョリーナというイタ飯屋《めしや》は暮れに予約したお客で満杯である。

外まで嬌声が洩れてくる。斜め前のトンカツ屋の前にも三、四人が立っていて灯りも点っている。それなのにそこから三軒先の私たちが行こうとしていたPCは真っ暗でシャッターが下りている。

「なんだ、閉まってるじゃねえか。あの嘘つき！」「お腹がペコペコなのに」と二人して大いにむくれた。「お正月ってお寿司屋は開いているはずよ」と隣の駅のそばのお寿司屋目がけて歩いて行った。二十分ほど歩いて辿り着くと、そのお寿司屋は混んで混んで表にまで待つ客がはみ出して並んでいる。中の店員が言うには「もう良いネタがなくなってしまって値も高くなりますよ」だそうなので止めにした。別の私鉄の沿線の駅前の寿司屋まで歩こうかな、と一時思ったが、そこも混んでいそうだし、歩くのも倦きたから、拙宅に帰ろうといま来た道を戻り始めた。

その途中で「この前入った割烹料理屋はどうかな」と夫が訊く。「ダメでしょう」と答えたが、とにかくその料理屋目がけて歩を進めて行く。がそこもやはり開いていなくて周囲にある細々した店の灯りもすべて消えていて町全体がひっそりしている。

こうなるとほぼ意地になって「踏み切りの向こうにもゴチャゴチャ食べ物やができたから行ってみるか」「そうね」と線路の向う側に渡ってみると道路の薄暗さは似たようなものである。

「正月三日だもの。皆休んでいるのよネ」と半ば諦めながら、突き進んで行くとちょっと奥まった左側に「やき鳥よっちゃん」という看板に灯が点っているではないか。

七、八人でいっぱいのカウンターのある狭くて綺麗とは言えない典型的な下町風の店に、ちょっと粋で動きがきびきびした女将が「いらっしゃい」とニコニコ顔で迎えてくれる。女将と同年輩ぐらいの夫婦らしき先客が向こうのカウンターに掛けていて笑顔で会釈してくれる。何はともあれヤレヤレと私たちもカウンターに腰を下ろす。

夫がメニューを見ながら「よっちゃんコース二人前」と注文すると、女将は「多過ぎますでしょ。うちの焼鳥は大きいですから、一人前になさって、もし足りなかったら、追加なさるといいですよ」と勧める。これには欲のない女将だな、と感心した。最初にハッがきた。ワサビ味が効いていてなかなかいける。私はふだん焼鳥など食べつけないので、出される品名がわからない。串に刺された五品はどれも美味しかった。

その時、夫婦連れの先客のご主人の方が立ち上がりさっさと帰ってしまった。残された奥さんは「ホラネ。飲めない男ってつまらないわね。ああやっていつも先に帰ってしまうのよ。お宅はいいわね。お二人でお飲みになるんだから。楽しいでしょ。さっき奥さまがおちょこにお酒を注いで、お二人で乾杯してらしたでしょ。羨ましかったわ」と声をかけてきた。そうなるとこちらも応えなければならない。

「そうお。じゃあ三人で乾杯しましょうか。お正月ですもの」と言って、三人で盃を上げた。そして飲み干した。その後は和やかな空気が漂い、盃を重ねた。勘定も安かった。こいつは春から縁起がいいわいと嬉しかった。

見ず知らずの女性と盃を酌みかわすなんて、面白い正月だったなあ、と多少揺れながら立ち上がって、彼女と女将と握手をして店を出た。

祝・人間国宝

高らかなウエディングマーチの演奏とともに花嫁花婿が披露宴会場をめぐるように、凄じい音響の天童よしみの歌にうながされるようにして紋付の裃袴《かみしもはかま》のその人は祝賀会場に姿を見せ、蝶ネクタイ姿の背の高いホテルのマネージャーに先導されて、いくつものテーブルを廻ってから舞台に上がった。そしてくるりと百八十度回って真正面に向き直った。

そこで音楽がピタリと止み、元NHKアナウンサーにして古典芸能解説者の葛西聖司《かさいせいじ》氏が「皆さま、このたび人間国宝になられました八世豊竹嶋太夫《とよたけしまたゆう》大師です。拍手をもってお迎えください」と言い、一同割れんばかりの拍手を送った。

先導役があまりに上背があったのでいっそう嶋太夫さんは何とも小柄に見える。その上あまりに薄いので折紙のお人形のようである。折紙太夫は深々と頭を垂れ「本日はお忙しい中、ようこそお越しいただきまして誠にありがとうございました」から始まる短かい挨拶をした。

私たち八人の発起人はほんの少し前まで会場入口に並んで立ち、お客さまをお迎えし、お客さまが着席なさったのを見届けてからメインテーブルに着いたのである。葛西氏が「まず初めに半藤一利さまからご挨拶を」と言われて、夫は舞台に上がり、新人間国宝の折紙太夫に祝辞を述べ、人形浄瑠璃とはまったく無関係に思える自分が、このような大役を引き受ける光栄に浴した理由を語った。

太夫と初めてお会いしたのは今を遡ること十三年前。銀座のフレンチレストランの総支配人であった太夫のお嬢さん、村上由紀さんから、夫の友人を通して夫に文楽の床本《ゆかほん》を書いてもらえないかと依頼されたのである。熊本県の阿蘇の山奥に清和村《せいわそん》(現・山都町《やまとちょう》)という江戸時代から村独自で文楽を継承させてきた農村がある。今までは近松ものなど大阪文楽しか演じてこなかったが、ひとつ村の目玉となるような村の文楽を新しく作りたい、ついてはその床本を書いてもらえまいか、という話なのである。

私たちが由紀さんの案内で村を訪れると、出迎えた村長さんが言った。「村は冬になると真っ白な雪に覆われるので、熊本とも縁の深いラフカディオ・ハーンの『雪おんな』を題材に脚色をしてほしい」と。聞けば、もはや農業だけでは村は生き残れないので、村独自の浄瑠璃を作り、それを観光資源にして豊かにさせたいと、村長さんは大幅な予算を文楽に注ぎ込むつもりであるという。義太夫語りは村一番の美声の持主と、太棹の三味線弾き二人（村役場の職員さん）を阿波に二年間留学させると、たいそうな意気込みである。

「よしきた」と安請け合いした夫は以後、近松ものを買いあさり、必死で『雪おんな』の脚色に取り組んだ。ようやく書き上げ、意気揚々と総合指導をすでに受けておられる嶋太夫さんに読んでいただいたら、近松を真似て文語体で書かれた夫の床本を、「これは裃を着たお侍の床本です。まず誰にでもわかる口語体に直した方がよろしい」と突っ返された。

夫はがっかりしたが、気を取り直し、誰にでもわかるような平易な口語体で、途中に「おてもやん」や「五木の子守唄」など熊本の民謡を挟んだりして新しく書き直した。そして恐る恐る嶋太夫先生に提出したら、「とてもようなりました。これなら舞台にかけられるでしょう」と合格点をつけて下さって、自ら農閑期に農民の人形使いさんたちや留学から戻ってきた義太夫語りの指導をして下さり、総合的な演出を手がけて下さった。

雲の上のそのまた上の神様と崇めていた方の直接の指導に清和文楽の人々の喜びようと言ったらなかった。その甲斐もあって「村の文楽の人たちの芸の拙さも未熟さも深い味わいとなって胸に迫ってくる」とまで嶋太夫さんに言わしめたのである。

乾杯前の長々とした夫のこうした経緯を聞きながら、その時すでに紫綬褒章を受章されていたのに、人間国宝になられるのが遅かったゆえの私のいらいらもおさまって、実力のある人が正当な評価を受ける快感を、私は充分に味わっていた。

最近の天候不順とそれに伴う天災、自然破壊、民意の届かない所でのやりたい放題の政治家たち、もう絶望だと思っていたが、このたびの太夫の人間国宝（正式には重要無形文化財保持者）の認定によってお先真っ暗だった日本及び日本文化の将来に明るい光が射し込んだような気がする。壇上の折紙太夫さんは口をギュッと閉じて気難しそうな顔をなさっているが、笑うと本当に優しくて可愛らしい。

太夫は八十三歳。まだ引退には早過ぎる。これからも舞台で大いに活躍なさってください。*

＊太夫は二〇二〇年八月二十日に逝去。享年八十八。

菊池寛賞受賞のこと

ある日の夕方、すぐ近くの鈴木さん宅に用があって訪れた。

インターフォンのボタンを押すと、いつもなら「ハーイ」と奥さんが二階から降りてきて玄関の鍵を開けてくれるのだが、今日はご主人が出てきて「オーイ、まだなのかい」とお風呂場に向かって叫んでくれる。返事はない。奥さんは長時間入浴中なのかしら？

「あ、そうだ。半藤さん、おめでとうございます。旦那さん直木賞を受賞したんだネ。昨日の七時のニュースで授賞式が写っていたよ。奥さんも一緒に」

「エッ、ホント」と驚いたが、内心では「オイ、オイ、亭主がもらったのは菊池寛賞だぜ」と言いたかったが「私、綺麗に写ってた？」という言葉が反射的に口から出ていた。

「うん、綺麗だったよ。旦那さんも大したもんだ」と言ってくれている。

「でもノーベル賞より落ちるけどネ」と首をすくめると、鈴木さんは「そんなことないよ」と否定などせずにただニコニコしていた。ということは鈴木さんも直木賞（本当は菊池寛賞だが）よりノーベル賞の方が遥かに上である、とはっきり認識しているのだな。比較するのもおこがましかったかな、とチョッピリ反省した。折しも、テレビをつけても新聞を拡げてもノーベル賞一色に染められていたかの如き一週間であったから。

実際、大村智《おおむらさとし》先生が、ノルウェーの国王さまから賞状を受け取られている姿とくらべれば、わが亭主が日本文学振興会理事長兼文藝春秋社長の松井《まつい》清人《きよんど》氏から賞状を受ける図は、数段重みが足りない気がした。

「まあ、久兵衛のお寿司があってよ」とか「洋食もどれもお味のいいこと」という声が聞こえてきたが、ホテルニューオータニの立食パーティーと、ピカピカに輝くような光を放つ金だか銀食器に盛り付けられた料理の並ぶノルウェー王室の晩餐会とは月とスッポン、品格がまるっきり違っていた。適材適所という言葉は存在するのだと思った。

菊池寛に話を戻すが、菊池寛は文藝春秋の創業者である。菊池寛賞は、文学、芸能、演劇、映画、スポーツ、技芸、出版などなどの分野で、高い業績をあげた人や団体に贈られる賞で、株式会社文藝春秋が出している。

同じく文藝春秋からは芥川賞と直木賞が出ているが、これは小説家になろうとする人には重要な賞なので、かなり広範囲に知れ渡っている。が、菊池寛賞は知る人ぞ知る賞で、人々には広く知られていない。だから鈴木さんも直木賞と間違ったのだろう。

菊池寛自身は、本来は小説家だが何にでも興味を示す人であった。だから今までもスポーツの名選手、将棋の名人にも受賞させているのである。

かつて大学時代、菊池寛は私の父松岡譲と親友であった。しかし父の恋愛事件をめぐって、父を排斥する立場にまわった。だから私からしてみると菊池寛は私の親の敵《かたき》である。私は「親の敵ー」と叫んで仇討ちをせねばならぬ身である。当然私の助っ人になるべき亭主が尻っぽを振って賞をもらう気か、と私が怒り、一時《いっとき》わが家は内紛状態にあった。亭主は私がけんつくを食わすと、私をテロリストと呼んだ。が「そんなこと言わないで、式には出席してください」と終いにはひれ伏して懇願してきたので、授賞式に私は渋々ながら出席をしたのである。

夫の受賞理由は、「『日本のいちばん長い日』などの著作を通じ、常に「戦争の真実」を追究し、数々の歴史的ノンフィクションで読者を啓蒙してきた」というものだそうである。

驚いたことに、夫は正式の挨拶の中で、

「自分の感謝している人を四人あげます」

と言って、その中になんと私も含めたではないか。大した女房でもないのに、私のすることなすことをほめちぎるのである。バッカじゃなかろうか！　聴いてくださった方々はさぞや半ちゃんは恐妻家なんだと思われたことであろう。

出席してみて、何よりの救いは、吉永小百合《よしながさゆり》さんが同時受賞して下さったことであった、と気付いた。小百合さんは汚れのない、清らかな瞳で微笑みかけながら、特徴のある、相手を包み込むような、愛情深い声で、あくまでも謙虚にご挨拶をして下さった。そうしたら私たちは二人ともすっかり和やかな雰囲気になり、祝いごとはやはり、良いことなんだと思えたのであった。

人みな逝く者

仏壇じまい

今、墓じまいなどという問題がクローズアップされている。一つの家が途絶えるということは別に珍しいことではない。現在のように人口が年々減少し、高齢者ばかり増え続けるような時代では当然過ぎる成行きではあるまいか。それが夫の実家にも持ち上がった。

夫の家は商家だが、夫はサラリーマンの道を選んだので財産放棄をして家を早々と出た。二番目の弟も夫と同じ道を進んだ。結局三男が家を継いだ。ところが二人とも夫より先に逝ってしまった。

ただ一人男で遺っていてくれた三男の一人息子も独身のまま昨年の暮れに急逝してしまった。三、四年前に三番目の弟が亡くなった時、墓前で感慨深げにその息子が「伯母さん、僕が半藤家のお墓を守る役目を担うことになってしまったんですねえ」と言い、私も沁み沁みと「そうねえ。よろしくお願いしますね。早く可愛いお嫁さんをもらって」と答えた時の二人の会話を思い出した。

夫だけが遺ってしまったとはいえ、夫はすでに八十七歳、私も八十二歳。いつどうなってもオカシクナイ年齢である。

夫の実家はガランとして大切なものは、もう何もない。ただ大きな仏壇だけがある。本来ならただ一人生き残っている夫が引き継ぐべきなのだが、大き過ぎて吾が家に引き取るのは困難である。また引き取ってもいつまで護れるか、それも問題である。

いつかはわからないが、そう遠くない将来に新しいこの家の持主が売却でもしたら、たぶん、古屋と一緒に仏壇もこわされ、ごみとして捨てられることになるであろう。親族としては、それは困る。私にとっても夫の両親を初め、弟たちの位牌をごみくず扱いされるのはとても我慢ができない。各人の位牌には各人の魂が込められていると私は信じている。私のことを迷信担ぎと人は笑うであろうが。

それでいろいろ考えた末に、菩提寺のご住職に来ていただいて亡き各人の位牌と仏壇の魂を抜くお経をあげてもらい、空っぽになった位牌のお焚き上げをお寺にお願いすることにした。

そしてその後で、どこかでご住職や来客に粗飯を差し上げねばならない。夫の実家は墨田区にある。近くの繁華街と言ったら浅草か向島である。皆が帰りやすいのは、電車の駅のある浅草である。

それで「ねぇ、あなた浅草に詳しいけど、どこか良いお店知ってる？」と訊いたら、「若いころはよく遊びに行ったけどここ十年以上も行かねえからなあ。あっ、これ見れば？」と夫は私に『味覚春秋』を手渡した。後ろの「味の窓」のページを見ると、浅草の食事どころに浅草今半と書かれている。「すき焼と懐石」に「しゃぶしゃぶと懐石」とあり、「伝統が心に響く味と技」とある。しゃぶしゃぶの方に決め、すぐに日時と人数の予約を入れた。

さて、その当日となって、タクシーが玄関に着くと、和服姿の女性が飛び出してきてこちらの大荷物（主に位牌の入ったご住職のかばん）を持って奥の十畳ぐらいの座敷に招き入れてくれた。最初は懐石らしく何品かの和風料理が運ばれてきたが、塩気控え目を命じられている私が安心して食べられる薄味で助かった。半ば過ぎたころ、しゃぶしゃぶの煮えたぎった鍋と、肉の薄切りと野菜を盛った皿が出された。最初はお姐さんが次に私たちが鍋に具を入れて、たれにつけて食べた。これも薄味で、締めのお餅やきしめんに至るまで、なるほどこれが伝統の味かと美味しく食べた。お客さまも食が弾んでいるようでホッとした。

デザートになった時、突如夫が「ねえ、『味覚春秋』ある？」とお姐さんに訊いた。「はい、ございます」とお姐さんが四、五冊お盆に載せて持ってきてくれた。夫はさっそく拙文の載っているページを開いて皆に「これ家の奥さんが書いたの」と見せている。「止めてよ、恥ずかしいから」と止める間もあらばこそという感じ。「へーえ」という顔を皆がした。夫は得意そうな顔をして皆に配っている。皆が「あとで拝読します」と言って手荷物にしまい込む。

お姐さんが「さようでございましたか。恐れ入りますがサインをして下さいませんか」とそのページを私の前で広げた。「今日はこの冊子を見て、ここに来たのですよ。本当は私が皆さんからお仕事をいただいて書かせていただいているのですから、私こそお店の皆さまにお世話になっているのです」と私は恐縮しながらサインをした。

店を出る時、「ああ、この方が？」と確かめながら、和服姿の大勢のお姐さんや事務服を着たお店の女性に恐縮するほど盛大に見送られて、タクシーに乗り込んだ。

いつか墓じまいをする時がきたら、またこのお店で斎《とき》の膳を囲もう、と思っている私に、でっかい声で「今夜はすっかり有名人になったなあ。誰も俺には見向きもしなかったけど。本当は俺の方がちょっとばかり有名なのに」と車に乗ってから夫がボヤクことボヤクこと。

長生きするのも楽ではない

ひい子ちゃんがいよいよ施設に入ることを決心したと聞いた。彼女は私よりちょうど十歳年上だから、いま九十二歳である。ひい子ちゃんの本名は完子《ひろこ》さん。私の長姉の女学校時代の大親友愛子さんの末の妹さん。私も末っ子だったから幼いころから何とはなしに仲良くなった。ひい子ちゃんは子どものころからフランス人形のように可愛かった。どうして今だって美しいが。私の憧れの的だった。

私が今の家に越す前に住んでいた家の近くに、ひい子ちゃんのお家があったので、二人の仲は急速に深まった。私はそのころ、母の介護に追われていて外出困難だったから、気晴らしにケーキ作りに没頭していた。それで私は週に一度は手作りのケーキをひい子ちゃんに届けた。

ご主人の晃平さんも美味しいもの好きで「末利ちゃんのケーキは美味しいねぇ」と喜んで下さった。その晃平さんも数年前に亡くなって、ひい子ちゃんは一人暮らしを始めた。

晃平さんは二度も脳梗塞の発作に見舞われ、三度目の後には入院を余儀なくされた。だいぶ良くなってからリハビリ病院に移された。そこでは、看護師さんたちが忙し過ぎて一人一人の患者に丁寧に食事を食べさせてくれるほどの余裕はなかった。

加齢とは恐ろしいもので、晃平さんの食べる諸機能、たとえば咀嚼《そしゃく》力、嚥下《えんげ》力があっという間に衰えたために、グルメだった病人は、ひい子ちゃんの持参する美味しいものが食べたくてしようがないのに、ちょっと口に含ませると、たちまち食物が気管に入り激しく噎《む》せるから、食べさせるのを止めざるを得ない。驚くほど早くに病人は衰弱した。

ひい子ちゃんも誤嚥《ごえん》を恐れて食べさせる勇気など失せた。スッポンのゼリーのように、ゼリー状にすると食物が比較的のどを通過しやすくなると知ったのはずっと後のことで、その時はもはや病人の食欲も失せ、病状はうんと悪化していた。

心痛と比例して、ひい子ちゃんの積り積った疲労もピークに達し、自らが寝つく寸前となった。いま自分が病床に臥すわけにはいかない。もはやリハビリもできない病人となった夫を自宅に連れ戻すのは不可能に近い。寝たきりの人だけを置いてくれる病院に移すしかないのか。

ひい子ちゃんは、それから書類を取り寄せたり、友人知人に相談したりした結果、御殿《ごてん》場《ば》に綺麗で親切な施設があると知り、そこに夫を転院させることに決めた。

晃平さんはもちろんそんな遠くに行きたくなかったし、ひい子ちゃんも遠くに晃平さんを離したくなかったが、背に腹は代えられず、それはどうしようもない選択肢であった。

晃平さんを現地に送り届けて帰宅したものの、その夜は一睡もできなかった。翌朝、重い頭を枕から上げると、新しい病院から電話がかかってきて、ご主人が今朝亡くなったという。晃平さんも毎日ひい子ちゃんと会えなくなるなら生きている甲斐もないと思ったのであろう。ひい子ちゃんの頭は真っ白になり、胸がドキドキして、心も空白だったが、窮余の一策で晃平さんを遠方の病院に送ったことに対しては不思議と後悔が湧かなかった。

それよりお見舞いに行くたびに晃平さんの好きな料理を作って持って行き、それが食べたいのにろくすっぽ食べられなかった晃平さんの無念さがいつまでも心に残った。

一人になってからも毎晩晃平さんのために料理をし、「あなた、食べたいだけ召し上れ」と仏壇の前に並べた。

ひい子ちゃんは、一人暮らしになったら、まったく食欲が失せたが、晃平さんのために作った料理を捨てるのがもったいなくて毎日自分が食べた。恐しく味気なかったが、かろうじて飢え死にからは免れている。

そうやって味気ない日々を過ごしてきたのだけれど、最近夜中に不整脈で胸がドキドキしたりすると凄い不安に襲われる。それと一足先にこのホームに入った仲の良い友だちが

「寂しいから早く来てー。お話し相手がほしいの」と催促するので、やっと決心がついた。そのために通いのお手伝いさんを助っ人に大方の荷物を片付けたが、残りは二人の息子夫婦に委ねることにするようである。お気に入りの灯油ストーブがちょうどこわれたが、今度行くところは備えつけの家具も暖房設備もあるので、それをなおしたり、新しく買う必要もない。遅くとも十一月には今の家を出たいという。

あと十年も長生きしてしまったら、私もそんな風になるのかしら？　つれ合いに先立たれるのも、自分が先に逝くのも一大事であるが、一人残されてなお生き続けるのは、並みのことではない。

逆縁

三寒四温とはよく言ったもので、春本番の日射しに浮かれた昨日とは打って変わって、今日はどんよりと曇って肌寒い。お悔みに行くのに相応しい日であった。

まだ手放せそうにないダウンコートを羽織って、私は迎えに来てくれたY子さんに従った。坂を下り大通りのケーキ屋でケーキを買った。大通りを渡っていくつもの通りを横切ったり真っ直ぐ進んだりして四階建てのマンションの四階のいちばん奥の部屋に上り着いた。自宅から三十分もかからない。

ブザーを押すと、Mちゃん夫妻が出迎えてくれる。玄関を上るとそこがリビングキッチンになっていて真ん中の小部屋を通って南向きの寝室があり、そこからベランダに出られるようになっている。お天気ならさんさんと日が降りそそぎ、狭いながらも住み心地の良さそうな二LDKである。つい一週間前までは、ここでMちゃん夫妻と小さい息子が三人で人も羨やむ世にも幸せな生活を楽しんでいたのである。ところが一歳と三ヵ月になるこの坊やが急死した。

真ん中の小部屋に小さな仮祭壇が設らえられている。最上段には葬儀の時に使われたと思われる「〇〇童子」と書かれた木の位牌と写真が飾られている。二段目にはお菓子やジュースが置かれ、その脇に小さな靴が二足載せられている。三段目には盛花に囲まれるようにしてろうそくと線香立てがあった。

夫妻と挨拶を交わしてからさっそくにお参りを済ませ、お茶をいただきながら赤ちゃんの写真集のページをめくる。むずかったり、無駄泣きをしたりせず親を困らせたことのない、お利口で大人しい良い子だった。誰にでもニコニコしながら抱っこされていた。

書き遅れたが、Mちゃんは、私がときどきご飯を食べに行くY子さん夫妻の経営しているレストランのお嬢さんである。Mちゃんの恋愛中はY子さん夫妻は猛反対していた。それがどうだろう。生れた途端に、孫にデレデレになって反対もへちまもなくなった。その可愛がりようと言ったらとても言葉に尽くせない。何より良かったことは、孫を中心にして祖父母と若夫婦とがすっかり仲良しになれたことである。特に祖父となったマスターは格好をつける方で着るものなども気にする質なのに、赤ちゃんを抱っこひもで抱っこしたりおんぶしたり、手におしめの袋をぶら下げて自宅に連れて行ったりして、昔を知る人に笑われていた。がなんのその、と微笑を返していた。

Mちゃんによれば、ある日いつものように朝六時に起きて朝食を作っていると、いつもなら起きてきて母親に顔を見せにくる子が今日に限って起きてこない。ベッドに覗きに行くと、横向きになって寝たままである。寝返りを打たせると、ぐたっとしたままで目を開けない。オカシイ！　と直感して、ご主人を起こして救急車を呼んだ。が、わが子は救急車の中で逝ってしまう。

そのまま大塚の監察医務院に送られた。あんなに小さな体が解剖されるなんて、吾が身を切られるより辛かったが、原因を突きとめたいという思いも強かった。結局、突然死ということで原因不明に終った。

哀しくて気が狂いそうだが、息子が苦しまなかったことと、永い月日患ったりせず、死ぬ前日までごく普通の生活のできる丈夫な子であったのが、せめてもの救いとなる、という。あまり大人しい良い子だったから、叱ったこともなく、親としてはああすればよかった、こうして上げればよかった、叱らなければよかったなどという後悔すら湧かない、ともいう。

話してくれている間、Mちゃん夫妻は涙を見せなかった。そして「でも家族の絆、特に主人と私の結束がもっと固く結ばれたから、あの子には感謝し切れないです」とMちゃんは言った。

来る道すがら「あんなに泣いた主人を見たことがなかったです」と言うY子さんが、仏壇の写真を仰ぎ見ながら、「この子は私たち親子の仲を良くしてくれる役目を担って生れてきたのでしょう、きっと。私たちが和解して仲良くなったので、自分の役割を果し終えたと見極めて、お浄土へ帰って行ったのだと思います」と言った。彼女の実家はお寺さんだから、そんなに簡単に割り切れるのだ、とは私にはとうてい思えない。「そうだったのだ」と必死に自分にそう言いきかせながら、自分も周囲の家族にも幼い孫の急死を納得させようとしているのであろう。

人の世で逆さを見るほど哀しいことはない、と思ったが口には出さなかった。

お絹さん

大学時代の友人足立さんから、「お絹さんの旦那さんが亡くなられたの。末利子さん、お電話するか、お手紙出してあげて」という電話がかかってきた。

「エッ、そう。さっそくお電話だけでもかけてみるわ。ありがとう」と言って電話を切って、すぐに受話器を取ろうと思ったものの、いざとなるとなかなかかけられない。なんと切り出したらよいかわからないからである。ご主人に逝かれて間のないお絹さんが、いきなり泣き出したりしたらどうしよう。私にはものごとをとにかく悪い方へ悪い方へ考えてなかなか踏み出せない癖がある。

お絹さんのご主人を私たちは川本《かわもつ》ちゃんと呼んでいた。私は川本ちゃんと挨拶したことはあるが親しくお話しした事はない。お絹さんから知らされる川本ちゃんがあまりにもオカシナ人なので、いつも話を聞くだけで大笑いしてしまう。お絹さんにとっては、笑いごとどころか腹立たしいことこの上ないのであろうが、彼女自身の当座の怒りが収まってしまってから電話をくれるので、話す方も聞く方も笑い転げる。

ようやく重い腰ならぬ受話器を持ち上げて番号のプッシュボタンを押したのは足立さんの電話のあってから四日後のことである。珍しく緊張して「もしもし川本さまでいらっしゃいますか」と改まった声を発すると、向うも「さようでございますが、どちらさまで」とよそ行きの言葉を返してきた。

「半藤です。このたびはご愁傷さまでございました」と言うと「まぁ、末利子さんお元気？」と全然沈んでいなそうな声が返ってきた。ホッとした。彼女は続ける。

「肺癌だったの。ステージワンだったから軽いのよ。摘出するのも管（内視鏡）でやったぐらいだから、一週間も入院しないで帰宅したの。ところが退院後四日目に胸が苦しいと言い出して、『じゃあ病院へ行く？』と訊いたら、その日はあいにく日曜日だったの」

そして「明日まで待つよ」と川本ちゃんも首を横に振ったので、そのままにしていたら、どんどん苦しそうになってきた。お絹さんの方がたまりかねて、「やっぱり救急車を呼びましょう」と促した。「救急車なんてオーバーなものは勘弁してよ」と拒否する川本ちゃんを急《せ》き立てて二人で表に出た。

一歩踏み出そうとすると川本ちゃんの体がクニャクニャと頭から崩折れて、地べたにまるまるように倒れてしまった。救急車が到着した時には、もはやこと切れていた。妙なところでの急死であったから、検死の要請もあって警察へ行かねばならず、解剖に付さねばならなかった。てんてこ舞いの大騒ぎの中でお絹さんは夫の死の瞬間を見守らねばならなかった。警察の人の言う通りに自分は行動していたつもりだが、実際は動揺と混乱で何が何だかさっぱりわからなかったそうである。

死因だって全快したと思っていたのに、解剖の結果、肺にあった血栓のせいだと言われてももう一つ納得がいかなかった。が、警察や病院を敵にまわして、言い争いをするには彼女は疲れ過ぎていた。

「割り切れないまま今に至っているの」という彼女に「寂しいでしょう?」と訊くと「でも何かと忙しくて何も考えられないわ」とあっさりと言う。

「そうですってね。一家の当主が亡くなると大変なんですってね」

「そうなの。だから今も疲れてボーッと部屋の中で座っているだけなの。お布団も敷きっ放しなのよ」

「よほど疲れていらっしゃるのよ。川本ちゃんて最後の最後まであなたに迷惑をかけたのね。あなたは彼の面倒を看る運命だったのね」

昔、時々彼女から電話がかかってきて「昨夜、帰りが遅いからイライラしてたら、八王子の駅から電話がかかってきて、私、迎えに行かされて平身低頭して彼を連れて帰ってきたの。これで今年四度目よ」と言っていたっけ。

川本ちゃんは大人しくて気が弱くて、ちょっと見は品の良いイケメンである。彼女もそこに魅かれたのだろうけど、大酒飲みなのである。でも別に暴れたり大声を出したりしないのだが、家計に響くほど飲む。だから彼女はパートやバイトなどではなくて中堅の会社に勤めて、ずっとずっと昔からコンピューターをいじくっていた。そうやって夫の飲み代や子どもの養育費を稼いでいたのである。そして定年で辞めてからはご主人の老いた母上を引き取ってお世話をして看取ってあげた。

「あなたって良妻の見本のような方だから心から尊敬しているわ」と言うと「それほどでもないわよ」と照れ笑いをし「でも彼は優しい娘と息子を遺してくれたの。私をここに一人にしておけないって言って娘が一緒に住もうと言ってくれるの。まだ独身なんだけど」「あら、どなたか良い方と巡り合って結婚なさるといいわね」「むずかしいわよ。家の亭主みたいのと一緒になったら、一生私みたいに苦労するもの。良い男ってなかなかいないものよ。末利子さんは男運が良いけどさ」と言った。

お悔みを言うためにかけた電話が、最後は二人の大笑いで締めくくられた。

悼・鈴木先生

夕方、ピンポーンとベルが鳴った。

よっこらしょ、と重い腰を上げ、玄関の扉を開けると門前の夕闇の中に、鈴木先生の長男と次男夫妻が立っている。身を正して門を開けると「父が昨夜亡くなりました」と次男が告げた。「まあ」と驚くより先に「ああ、やっぱり」と納得していた。
四、五日前、拙宅に近いコンビニで先生には会っていた。私がカウンターで支払いを済ませ、出ようとすると、入口近くの細長いテーブルの前に先生がぐったりとして椅子にかけている。テーブルの上には、おでんとお茶の瓶が置かれている。黙って通り過ぎればよいものを思わず「先生」と声をかけてしまった。ビクッとして振り向いた先生の顔を見て私はギョッとなった。ふだん見なれている先生と違いあまりに異常であった。その瞬間、すでに私は死相、を見てしまったようなのである。目の上が二重《ふたえ》どころか三重《みえ》にも四重《よえ》にも刻まれそうなほどにくぼみ、体全体から力が抜け落ちているのに、目だけがギョロリと鋭かった。

元気な時の先生は「私は昔自炊生活をした経験があるので、それがずいぶん役に立っています。人間食べなければ」と自らせっせと食料品の買い出しに行き、料理をしていた。しかし九十歳を過ぎた今、もはや料理どころか日常茶飯事もままならなくなっていたのかもしれない。町でもあまりお見かけしなくなった。

そうなると、かえって気軽に電話をかけたり訪ねたりできなくなった。先生の休養時に電話口や玄関先に呼び出してせっかくの休息を妨げてはならないと思ったのである。その先生の訃報に私が驚くはずもなかった。

翌日の午前中に私は拙宅の斜め前の鈴木邸に赴き、先生とお別れをした。北枕で座敷に寝ていた先生のお顔は安らかであった。染みもしわもなく生前同様の美丈夫であった。

「何のお苦しみもなく?」

「ええ、僕たちと話していてちょっとうとうとしているかと思ったら、そのまま亡くなっていたんです」

「ご立派ですね」と言うとふいに涙が溢れた。私はあわてて辞した。

先生が美しくて可憐な愛妻を亡くし、一人住いを始めてから、もう十年は経ったろうか。「私はひとまわり近くも年下の家内をもらって看取ってもらえるとばかり思っていたのに、世の中思い通りにはいかないものですね」と言ったのが思い出される。夫人も瘦せぎすで色白の美人であった。「お二人ともお若い時は、凄い美男美女のお雛さまみたいなご夫婦でいらしたでしょうね」と私が感嘆すると、「とんでもない」とか「そんなことございませんわ」と否定することなく「ホッホッホッ」と控え目に笑うだけであった。

二人は仲睦まじい夫妻のようだったが、夫人の父上が隣家に一人で暮らしていたから、夫人は何かと面倒を見なければならなかった。父上は古い考えのお年寄りだったので、夫人はずいぶんと苦労が多かったようである。先生と二人で出かけるなんてとんでもないことであったらしい。父上はやがて肺炎を患い入院した。肺炎快癒後は、高齢のため自宅での一人住いは無理となり、施設に入り二年ほどして亡くなった。その間も夫人は病院や施設へ通い、ずいぶんと疲れていたようである。父上が逝去され、ホッと一息つく間もあらばこそ、夫人の癌が発見され、夫人自身が闘病生活を余儀なくされた。

ご夫妻には子息が二人いるが、二人とも両親とはあまり近いところに住みたくないと言って、近県に居を構えた。他人の暮らしや考え方に私が干渉する筋合はないし、子息たちのお嫁さんの気持ちもわからぬでもないが、先生夫妻にとっては酷ではなかったか。父上の立派な家も邸内にあるし、今の先生の家も二世帯住宅として建てられている。住宅費も使わずに広々としたスペースに住めるのに、もったいなくも贅沢な話のようにも私には思える。

「いたし方ございませんわ」と吹っきるように言った夫人の侘しげな横顔を私は今でも忘れない。

ご夫妻そろって今どき珍しいほど我を通そうとしない、世間擦れしていない方たちだったので、お話ししていると私自身の心が洗われる思いがした。

この夫人が亡くなったと先生から告げられた時には本当に哀しかった。幸薄かった夫人は当然のこと、高齢になってから遺されたこれからの人生をたった一人で歩いていかねばならぬ先生が気の毒で気の毒でならなかった。

「先生、奥さまはもちろんですが、先生もお気の毒でたまりません」と本来ならば「ご愁傷さまで」という挨拶を述べるべきなのに、こみ上げてくるものを抑え切れず、泣きじゃくってしまった。先生はさぞびっくりされたことだろう。

先生は、東大、東工大、農大と三つの大学の教授を務めた方で、私の住んでいるS区の名誉区民でもある。大勢のお弟子さんに囲まれ、いつも勉強に励んでいた。これは一人暮らしの先生には大きな支えとなったであろう。先生を敬慕《けいぼ》してやまない私も及ばずながらささやかな夕飯や到来物を届けた。その時の先生の嬉しそうな顔はもう見られない。先生の家の窓から灯りの漏れてこない道路はことさら暗く、限りなく寂しい。

従姉との別れ

従姉の昉子《あきこ》が亡くなった。享年九十七。電話で昉子の末っ子の信房《のぶふさ》君が教えてくれた。私の長姉明子《めいこ》は彼女より一歳年上であるから、生きていればいま九十八歳になっているのか、と懐かしくて楽しいような不思議な感慨に捉われた。幼い明子と昉子が庭の日溜りの中で戯れている、私には抱きようのない記憶が蘇ってきたような錯覚を覚えたのである。二人は、明子、昉子と呼びつけで言い合って実の姉妹のように仲良しであった。

長姉が七十歳で急死した時には、泣き虫であった昉子は「明子、明子、どうして……」と声を震わせて泣き崩れた。

そんな昉子の死を、九十七歳まで生きたのだからと、私はごく自然のこととして平静に受け入れたかった。ところが昉子の死を告げたすぐ後で、

「昨年母は乳癌の手術をして、最近少し元気になってきた矢先だったのに」と信房君が洩らした言葉に私は仰天させられた。たまたま四人の男の子の中で信房君だけが独身だった

ので、寝たきりで認知症の母の介護を最初から最後まで七年間に亘って引き受けることになってしまった。

医師と家族も本人も納得してやったのであろうから、部外者がとやかく言うことではないかもしれない。だから私も何も言わなかった。私も母を九年間介護したが、そういう事態に見舞われた時、私も母に手術を受けさせたであろうか。本人もあれ以上生きたかったであろうか。信房君は七年も介護生活を続けて疲れ果てていたはずなのに、それでも昉子の寿命を延ばしたかったのだろうか。今さらどうしようもないが、私の心は掻き乱されっ放しであった。

昉子は私の母筆子（漱石の長女）のすぐ下の妹恒子の長女である。昉子の下に妹と弟がいた。昉子が小学生の時に母の恒子が死に、父は病気だったので、三人の子どもたちは祖母鏡子の家に引き取られた。そこには、まだ独身の叔父や叔母が住んでいた。三人の子どもたちは窮屈で肩身の狭い思いをして暮らした。私たちのように両親揃っていて、離れて暮らす外孫をとても羨ましく感じていたという。年ごろになると、美しかった昉子にはいくつもの縁談がきた。自分の気に入った人にはなかなか巡りあえなかったが、昉子をどうしてもほしいという男性が現れた。あまり乗り気ではなかったが、この人を断ると、この窮屈な家を出ることができなくなりそうだから、と結婚を承諾した。

嫁ぎ先は並みの家ではなかった。夫は陸軍の将校で、殴る時は部下を殴る時と同じ軍隊式で殴るから、か細い昉子は部屋の隅までぶっ飛ばされてしまう。でも家の人は誰一人として昉子の加勢をしてくれない。退役軍人である舅、できないことのない口八丁手八丁の姑、それと小姑三人。

祖母の鏡子という人は娘や孫にきちんとした躾をしない人であるから、昉子は主婦としての当り前の仕事、朝食の米飯を炊くことや味噌汁などを作ることができなかった。最初のころは、皆に少し頭が足りないのではないかと思われていた。

彼女は毎日がつらくて勝手口から裏庭へ出て、エプロンに顔を埋めてただ泣くほかなかった。でも料理などは毎日続けてやっていれば自然に身につくものである。皆の軽蔑を一身に浴びながら必死で日々の暮らしを守っているうちに彼女は四男一女を儲けた。女の子は幼くして亡くなったが、四人の男の子はすくすく育った。

彼らは尊敬している父親や祖父母に倣って昉子を徹底的に馬鹿にしていた。揃いも揃ってヤンチャ坊主であった。ピアノの鍵盤は指で弾くものではなく、足で踏んで音を出すものと心得ているような子たちであった。私も何度スカートをまくられて悲鳴を上げたかわからない。でも昉子は決して強く叱ったり、怒鳴ったりしたことはなかった。「ダメよ」とやんわりと言うだけである。母親が優し過ぎるのでつけ上がっているのだが、そんな彼らも父親や祖父母の前では決して悪さをしない。父は「どうしてわが家の子どもはあんなに大人しいのかなぁ」とボヤイたという。後年、昉子の長男は「僕、高校に通っているころまでは、お袋はアタマの病気なんだと思ってたよ」と明かしたという。

ところが、彼女はそんな劣悪な環境の中で、ひたすらあらゆる面での努力を惜しまなかった。「私の取り柄は忍耐強いこと。親戚のお家で育ったから」と言っていたが、本当に料理の達人となって、あの意地悪で口八丁手八丁の義母をして「昉子さんの割《さ》いたうなぎでなければ食べられない」と言わしめたほどである。

そして彼女は何とか時間を作って、アテネ・フランセに通い、いつの間にかフランス語を喋ったり、読んだり、書いたりできるようになっていた。茶の湯の稽古も始め、何年かかったか知らないが、表千家のいちばん上の師範の資格も取得した。自宅の茶室でお弟子さんたちに囲まれて茶道を教えていた。一見弱々しそうに見えるが、彼女の芯の強さは並みではなかったのである。人に憤りをぶつけず、ひたすら耐えて内なるエネルギーに変えていく。そしてどんな外圧にも負けることなく己を磨き続けた彼女の九十年間を私は心から讃えたい。

残りの七年間と癌の発病と手術は神のいたずらであったのか。だとしたらあまりにむごいではないか、と私はとても哀しい。

あと何年

今年は亥年である。年賀状を見ていた夫が「猪ってどこからどう描いても可愛くねえなあ」と溜息をついた。「可愛くなくて悪かったわねえ」と私はあかんべえをした。そして「でもうり坊はすっごく可愛いわ」と語気を強めた。

私は年女なのである。六月で八十四歳になる。我ながら婆さんの猪は可愛くないだろうな、とつくづく思った。猪は個性が乏しい。兎ほど可愛らしさがないが、虎や龍ほど恐くないし、蛇のように気味悪くもない。

夫は八十八歳の午年生まれ。怪我をして歩けなくなると殺処分されるから、年老いた馬を私は見たことがない。夫も頭はつるつるだが、八十八歳の割にはヨボヨボではない。爺《じじい》になったなあ、と思うこと頻りだが顔はシワシワでなく、人も認めるように年の割には若々しく見える。不整脈などの持病はあるが酒は若い人たちといまだにガブガブ飲むし、医師の見立てによると、肝臓の数値はすこぶる良いそうである。

夫も私も八十歳を過ぎたころから足が特に弱ってきたな、と感じる。長時間、草花を植えてしゃがみっ放しだと立ち上がる時は何かに摑まるか、土に手をついてヨッコラショとまずお尻を土につけてからでないと立てない。

特に私は、七十歳の時に右足首を骨折した。以来、歩く速度が遅くなったし、内臓すらあちこちに小さな故障が生じるようになった。後遺症として、靴の当る箇所（足の裏）に魚の目ができ、外反母趾もひどくて歩きにくいったらない。担当医が夫に「思いのほか重傷で、少し足を引き摺るようになるかもしれません」と言ったらしい。おかげさまで足の長さは左右同じのままで接着したから引き摺ることもなく歩けるので、術後に生じた不便ぐらいは我慢しなければなるまい。

そして、とりあえず歩けて買い物ができ、簡単な料理ぐらい作ることが出来るのだから御の字である。腎臓だの甲状腺だの、ところどころ少しずつ悪くなっているが、八十歳を過ぎて身の回りのことをするのに、不自由を感じないというのはありがたいことである。特に夫の仕事ぶりは凄まじい。書いて書いて書きまくっている。私もチビチビ書いている。要するに、爺さん婆さん二人ともに丈夫なのである。

丈夫なのは遺伝なのかと祖先を遡る。案の定、夫の母は百歳まで生きた。百まで生きたいという強い信念を持って。しかし夫の弟たちは二人とも六十代で亡くなっている。だから家系とか血筋は当てにならない。

私の次姉は八年前に八十七歳で逝った。アメリカに住んでいた姉は、毎年来日して各地で講演をしていた。日本在住のお友だちが「来年は米寿のお祝いをしてあげるからぜひまた来てね」と言ってくれたと喜んでいた。しかし彼女は米寿の年に亡くなった。日本に来る前に。朝起きると目眩《めまい》がしたので医者の息子に電話をかけ、再び横になった。それから三日間、息子の家に引き取られ手厚い看護を受けつつ、静かに亡くなった。幸せな死であったと思い、私はただただ羨ましかった。

彼女は五十代の時、左目の真ん真中《まんなか》に眼底出血を起こし失明した。残った右目もド近眼でその上に白内障の手術を受けたからあまり良く見えない。学者だからたくさんの本を読まねばならぬが、天眼鏡が手放せなかった。そんな目の持ち主なのに勇敢で、日本のみならずアジア、アフリカの果てまで行く。私がこの姉の年まで生きるとしたらあと二年しかない。姉のように上手に死ねたら言うことはないが。

そこへいくと長姉はあまりにもあっけない死を迎えた。心臓発作に見舞われたのである。七十歳であった。義兄もしばらくは正気を取り戻せぬほどの衝撃を受けた。生前姉はあまり幸せとは言えぬ暮らしをしていた。暮れに電話で話した時に「このごろ足がよく動かないの」と言ったので、「そんなことは誰にでもあるでしょう」と私は冷淡な返答をして電話を切った。

姉も体の具合が悪くて毎日ぐだぐだと暮らしていたのだろう。少しはシャンとしなければ、と己に鞭打って、一月二日の朝、食事を済ませてから覚悟を決めたように二階に上がった。姉は刺繡《ししゆう》が好きでお稽古に通っていた。その時もお習字の書き初めのように何かをしなければと焦っていたらしい。ところがその時、急に胸が苦しくなって階下に下りてきて、その場でうずくまったまま死んだ。短いが苦しかったらしい。私は姉に優しい言葉の一つもかけなかった後悔でしばらく泣きじゃくっていた。

私は上の姉の亡くなった七十歳の時に、足首を骨折した。もしかしたら姉に優しくしなかった報いかもしれないと思ったら、むしろ爽やかな清々しさを味わった。姉への失礼を償えたとは思っていないが。

私の母は九年近く寝たきりの暮らしをして最後に肺炎を患って九十一歳で逝った。九年近くも介護したのだからせめて私の腕の中で逝ってほしかった。

とにもかくにも世の中思い通りにはいかないものである。夫も私もあと何年生きるか、心身ともに丈夫でいられるかは、すべて神の領域だからわからないのは当然であろう。これが年女の新年にあたっての想いなのである。

年を取るということ

東横線と井の頭線

私の知り合いで東横沿線に住んでいる人たちの百パーセントが憂鬱な顔をしている。日吉に住んでいる友人が拙宅にやってきてこぼした。

以前は渋谷で井の頭線に乗り替えれば拙宅の最寄りの駅に着くので実に簡単であった。東横・井の頭両線の間はちょっと距離もあったし、階段の上り下りも避けられなかったが、なれればどうということはなかった。「それが今はそんな簡単な話じゃないのよ」と彼女は顔をしかめる。

かつて代官山から桜木町まで敷かれた東横沿線の土地は、都内の私鉄の沿線の中で最も高価で人気も高かった。山手線をはじめとする都内のＪＲの駅は各々広々としていて駅の周辺もたっぷりと土地を有し、バス停だのタクシー乗り場だのがあり便利である。しかし私鉄となると、駅の周辺に比較的広々とした土地を確保しているのは東横線のみではあるまいか。たぶん線路を敷く時に大枚をはたいて土地を買い占めたからであろう。駅前は広々とし、タクシー乗り場やバス停があって便利だから人が集り街も賑わっている。

そこへいくと拙宅の最寄りの駅のある井の頭線の駅の周辺は、密集した住宅地が線路のそばまで迫ってきて危険なほど狭い。吾が駅もメインストリートの幅からして五、六メートルしかなく、一方通行ではないので、ひっきりなしに車が行き来して危いったらない。それでも昔は小さな踏切を挟んで三百メートルぐらいのメインストリートの両側はびっしりと細々《こまごま》した個人商店で埋っていて賑わっていたから、この商店街の中で大ていのことは足りていた。帰ってくる時に、先の店で買うと、次の店の前を通り過ぎる時に品物を隠して歩くほど気を遣っていたものである。

それなのに今はほとんどの店が長引く不況と経営者の老齢化が主な原因でなくなってしまった。残るは駅前の小スーパー風の個人商店、一軒だけである。いくら何でもここだけでは足りないので、ときどき隣りの駅の商店街に行く。ここは都内でも著名な繁華街であるが、専ら若者御用達で、すこぶるダサイ。大型スーパーが三つあるにはあるが、どうもパッとしない。私たち婆さんがいちばん頼りにしている、美味しいお惣菜やさんが一軒もない。それにたまに行くからたくさん買い過ぎて帰りにはタクシーに乗らざるを得なくなり不経済きわまりない。その次に近いのがかつては渋谷の東横のれん街*と東急フードショーであったが、どこかへ出かけた帰りに立ち寄るならともかく、夕飯の買い出しにわざわざ電車に乗って行くのは億劫である。

それでも、ともかく私は井の頭線を含めた京王電鉄が好きである。この会社は儲け主義でないから、最近まで長いあいだ値上げをしなかった。充分儲かっているからと値下げさえする。はるか昔だが初乗りの切符代（五駅は乗れる）がわずか四十円であった。それもあって四十年間も井の頭沿線に住んでいる。ただ一つ気に入らないのは、前述のようにほとんどの駅の周辺に広場のないことである。

そしてまた、実をいうと私も東横沿線のファンでもあった。今の家へ越す前に土地探しをしていた時、都立大学にも手ごろな物件を見つけ、どっちにしようかとさんざん迷った。今の家に越した当時にはやっぱり向うにしておけばよかったかもネ、などと後悔したほどである。しかし今はあの時、井の頭線に決めてよかったと胸をなで下している。東横沿線に住む友人の鬱憤ばらしの話を聞くにつけ、しみじみ吾が幸運を噛みしめている。

とにかく今の東横線渋谷駅の変貌たるや、言葉に表わせぬほど凄いらしい。新しい東横線はヒカリエという巨大なビルの地下五階に移されてしまったそうな。それが辿りつくまでかなり複雑で、「東横線渋谷駅はこちらですか」と行くたびに訊いているという友人もいる。エレベーターとかエスカレーターの数も少く、ラッシュ時など一騒動。さりとて、混んでいる中を、四、五階分の階段を上り下りするなんて、これもまた大仕事。

「長い間、東横線を利用してきた私たち乗客をあまりにもバカにしているわ。何も川越の人たちが毎日中華料理を横浜まで食べに行くはずもないのだから」と私の友人たちは憤慨している。

利用客の十人が十人不満タラタラなのである。「そんな具合だからヒカリエはあまり繁昌してないんじゃないの」と友はいう。ヒカリエの地下には食品売場があって、かつてのフードショーやのれん街で売られていたものより、高級で目新しいものが置かれているそうだけれど、私は面倒で一度も行ったことがない。

渋谷界隈は相変らず混雑しているが、景気の良い町であり続けるのはむずかしいのではないか。いずれ人口がどんどん減っていくのがわかっているのに、高級な商業施設を備えた巨大ビルをドカンといたるところに建てて、明日の日本はどうなっていくのだろう。まだ一度も入ったことのないヒカリエを遠くに仰ぎながら、私はそんな不安にかられている。

＊東横のれん街は二〇二〇年三月に営業を終了し、五月に渋谷ヒカリエＳｈｉｎＱｓ地下二～三階に新オープンした。

鈴木三重吉という人

『赤い鳥』の創刊者、鈴木三重吉さんのお孫さんである潤吉さんと拙宅近くの喫茶店でお会いしたのは、お手紙をいただいてから一ヵ月以上も経ってからであった。夫が入院したり私自身が病気になったりしたからである。

三重吉さんは、まだ木曜会（漱石の面会日）が作られる以前から夏目家に出入りされていて、漱石の弟子の中では四天王と呼ばれていた高弟である。だから初対面なのに潤吉さんをとても身近に感じた。三重吉さんのご子息珊吉《さんきち》さんは、私の母筆子（漱石の長女）によれば非常に優秀なお子様で立派なお役人になられたというが、潤吉さんにもっと詳しくそのことをうかがうのを忘れてしまった。三重吉さんはご自分のお子さんたちを溺愛されていたとも母から聞いている。

しかしお若いころ、少なくとも夏目家に出入りされていたころはたいそう子ども嫌いで、母たちも特に可愛がられた記憶はなかったらしい。四、五人のお弟子さんたちが訪問される時は、祖母の鏡子が夕食を振舞うのを常とし、それは毎度おなじみの神楽坂の「川鉄」から取り寄せた鳥鍋であった。茶の間の隣の座敷で漱石とお弟子さんたちは鍋を突っつくのである。幼児にとっても親しい客の来訪は嬉しいものである。母を初めとする三人の子らは大噪《おおさわ》ぎをする。手のつけようもないほど子どもが騒いでも、漱石という人は神経症さえ起こさなければ、叱りもせず平然としている。見かねたというか、そのやかましさに耐えられなくなって三重吉さんが、「先生、こう子どもたちが、煩さくてはかなわんですなあ、いっそ一括りにして押し入れに詰め込んでしまいましょうか」と言い出したという。それを聞いて腹を立てた筆子は「鈴木さんの意地悪!」「バカ!」とさんざん悪態をついた。その一部始終を見ていた鏡子は、いくら何でも鈴木さんに失礼だと思ったのであろう。筆子をその場に正座させ、三重吉さんに手をついて「ごめんなさい」と頭を下げさせたという。そのことを思い出すと筆子はくやしい思いが蘇《よみがえ》ってくるという。

そういう時は夏目家を辞しても漱石との対話で高揚した気分を冷ましたくなくて、若い弟子たちは今でいう赤提灯のようなところで、本格的に飲み直し未明まで議論を交わしたものだという。そんな子ども嫌いな鈴木さんが、のちに児童文学の神様のようになり、『赤い鳥』という立派な子どものための雑誌をお出しになったのは不思議である、と筆子はいつも言っていた。

三重吉さんは私の両親をよくご自宅にお招き下さり「まるで昔お仕えしたお殿様の姫様がいらしてくださったようだ」とおっしゃって心から歓待をしてくださった。三重吉さんに関しては、母は悪口を言ったことがなかった。

とりとめのないそんな私の話を潤吉さんは熱心に耳を傾けて聞いてくださった。こういう事実は母も私も既に文章に書いたりしているのでちょっと気が引けたが、潤吉さんにとっては初めてらしく興味が尽きないというお顔をされていた。

「三重吉さんは人間的にもとてもよくできた方でいらしたのではないでしょうか」と私が言うと、「でも私の爺さんは大酒飲みの酒乱ですから、夏目先生のお宅の方にはご迷惑をおかけしたんじゃないですか」と恐縮なさる。「それに借金もたくさんしていたようですし」「だって借金は皆さんなさっていらしたのだから、よろしいじゃありませんか」と心配げな顔の潤吉さんに私は答える。

「酒乱といえば三重吉さんはよく奥様を連れて映画を観にいらして、と言っても映画はご覧にならないで屋上のビアホールに直行なさってビールを飲みっ放しで、しかも飲んでいる間中ワイ談をし、大声でやたらに四文字の伏せ字をおっしゃったそうですね」

インテリで児童文学の第一人者であるのに、この奇行に大ていの人はただ啞然とするのに、奥様は決して「あなたお止めになって、みっともない」などとたしなめたりせずに、

「ああ、さようでございますか」とか「それはよろしゅうございました」と静かに頷いてビールを注いでいらしたという。「私はそう聞いておりますがほんとうなのでしょうか」と潤吉さんにお聞きすると「おそらく本当でしょう」と潤吉さんは苦笑された。

「この方は楽子《らくこ》さんと*いう二度目の奥様で前妻の遺児を吾が子のように可愛がり、三重吉さんにも従順にお仕えする、良妻賢母の見本のような方であった」と母は絶賛していた。

こうして話は尽きなかったが、一時間を過ぎると「どうもお忙しいお時間を割いていただいて……」と潤吉さんは立ち上がりおみやげを手渡してくださった。「いきなりお宅にお伺いするのも何ですから」とこの喫茶店を指定されたのも潤吉さんであった。

この店の外に出た時、まさしく爽やかな風に吹かれたような清々しさを味わった。鈴木三重吉という生まれながらに純粋な人の魂から吹いてくる風であったかもしれない。

＊本書刊行後、潤吉さんからご指摘をいただいた。楽子さんというのは家を出た最初の奥様だとのこと。そのお子さん二人をかわいがって育てられたのは、後添いのお浜さんである。母の言葉を鵜呑みにして、とんだ失礼をしてしまった。お詫びするしだい。

塔子ちゃん

元ＴＢＳアナウンサーの雨宮塔子《あめみやとうこ》ちゃんがテレビの世界に返り咲いた。彼女の復帰ニュースは新聞のテレビ欄で見つけた。

「あら、塔子ちゃん若い時より綺麗になったみたい。ホラ」と夫に見せると、「ホントだ」と夫も同意した。少し痩せて顔が鋭角的になった分、あどけなさは消えていた。

塔子さんは昔「チューボーですよ！」という料理番組に堺正章《さかいまさあき》さんとコンビを組んで出演していた。毎回、著名なゲストを招いて、三人で番組の時間内で一つの料理を完成させる、というものであった。たとえばマーボー豆腐を作る時には都内の三店（名店らしい）を選んでそこの料理の達人が解説を交えながら実際に料理を作る。三人三様の作り方があるから、ある時はその最大公約数的な料理をスタジオの三人が作り、時には選び出された達人の料理を真似て作る。最後にゲストと一緒に自作の料理を試食して、ゲストが採点し「星三つです」とか「星二つ」とか、マチャアキが結果報告して番組が終る。

あまりにも他愛ない番組、と言ってしまえばそれまでだが、今でも続いているらしいからけっこう人気があるのだろう。* 当時、私は塔子ちゃんが見たくてよく観ていた。マチャアキは根っからのエンターテイナーだからハマリ役だったし、アシスタントの塔子ちゃんのトボケタ味、愛くるしさもどうして捨てたものではなかった。彼女は何年ぐらい続けていたのであろう。

やがて塔子ちゃんもその番組を卒業した。人気者だったが、一アナウンサーに過ぎなかったから、それほど華々しい噂にいつもつきまとわれていたわけではなく、そのうちにその噂も消えてしまったようであった。私の記憶からも遠のいてしまっていた。

塔子ちゃんのパパは私の夫がかつて勤めていた会社の後進の社員であり、家も近かったから比較的近い存在だった。私も雨宮家を訪れて、美しくて大人しやかな奥さまのお手料理をご馳走になったこともある。

ある日、まだ小学校にも上がっていない幼い塔子ちゃんと弟さんとパパとママの四人で拙宅に寄ってくれたことがあった。ママのセンスの良さをうかがわせるよそゆきを着ていた、お子さんたちの顔を一目見た瞬間、あまりの顔立ちの良さに驚いた。二人とも美少女美少年そのもので、こんなに美しい子どもがいて良いものだろうかと私は目を見張った。

まだ私の母も生きていて、母の部屋に四人を通した。恥ずかしそうな顔も見せずはっきりとニコニコしながら「こんにちは」と母に挨拶してくれた。まではよかったが、おやつを食べ終えたころからそれまでの行儀の良さもどこへやら、突如活気づいて、「パパー」と前後から一人ずつ二人してパパに抱きつきパパの首に手を巻きつけたり、両肩に一人ずつ股がったり、競争で頭の天辺《てっぺん》に登ろうとしたり、それもキャーキャーと叫びながらだから、もうハチャメチャであった。もみくちゃにされ続けているパパは、「イタ、イタ、イタイー」と悲鳴を上げっ放しである。自分の体に絡みついた二人のどちらかの腕や手をふりほどこうと必死でもがいてもどうにもならない。

母と私はただただあっけに取られて眺めながら笑いころげるだけであった。奥さまも困り切った様子をしているものの、叱るとか、止めさせようとする気配はまったくない。私がよそのお子さんを怒鳴りつけるわけにもいくまい。

被害者のパパは虐待されっ放しである。よほどお子さんたちに舐められているのかな。たまりかねて「そんなにパパを苛めたらかわいそうじゃないの。そろそろお止めなさい」と言ったのは私だけ。それに二人とも倦《あ》きてしまったのか、ようやくパパが解放されたのは七、八分後である。

子どもは自分の家にお客さんが来ると、ふだんの何倍も燥《はしや》ぐものではあるが、よその、しかも初めて訪れた家で、こんなにも目に余る暴れん坊ぶりを発揮する子は珍しい。それも家庭円満のためにはよかろうかとつくづくと思えたものである。

あれから何十年経ったであろうか。今また塔子ちゃんと会う。夜遅いので毎晩は見ないが、時々ＴＢＳの「ＮＥＷＳ23」を見る。後から参加したのに、塔子さんは初めからのレギュラー出演者に今やすっかり溶け込んでいる。*むしろ星浩さんなど他の出演者を引き立てている。

今は二人のお子さんのママだから当り前だが、成熟した女っぷりを存分に発揮しながら、ニュースをシャープに正確に伝えているのを見ると、とても素敵である。あのキャーキャーという歓声を発しながら、パパをコテンパンにやっつけていた超お転婆な塔子ちゃんの姿を想像もできない。まことに年月の経過とはこわいもの。私が婆さんになってしまったのも止むを得ないということか、ああ。

＊「チューボーですよ！」は「新チューボーですよ！」を経て、二〇一六年末まで二十二年にわたって続いた長寿番組であった。

＊二〇一六年七月から二〇一九年五月まで星浩氏とともにメインキャスターを務めた。

治子さんと対談

つい先日、太田《おおた》治子《はるこ》さんと対談をした。かねてより彼女から頼まれていたのがようやく実現に漕ぎつけたという感じである。

思い返せば、治子さんとおつき合いを始めたのは十五、六年前になるだろうか。まだ私は本も出していないどころか文章も書いていないころではなかったか。司馬《しば》遼太郎《りょうたろう》先生ご夫妻と親交の深かった治子さんが、司馬先生亡き後の先生に関するシンポジウムが開催された折、パネラーとして治子さんと私の夫とが同席したのである。

その時、私宛てに治子さんがお手紙を添えてその地のお饅頭を送って下さった。治子さんとは一面識もなかったが、彼女が作家太宰治《だざいおさむ》のお嬢さんで早くから文才を認められ、本を出したり、受賞したり、私にとってはスター的な存在であったから、私はすっかり恐縮した。それを機会にお手紙をやりとりするようになった。

それからまた数年が経ち、新宿区が漱石終焉の地に漱石記念館を建てる計画を発表した。年に二、三回、新宿区主催のイベントが開かれた。その第一回目のイベント、漱石に関するシンポジウムのパネラーとして治子さんをお願いした。私の夫が司会をし、私もパネラーの一人となり、さらに嵐山光三郎《あらしやまこうざぶろう》先生に加わっていただいたので、爆笑に次ぐ爆笑で凄く楽しい座談会になった。

そしてこのたび私は治子さんが講師を勤める朝日カルチャーセンターの教室にゲストとして招かれたのである。

治子さんはいま明治の文豪二葉亭四迷《ふたばていしめい》のことを書き上げて出版されるのを待つばかりであるという（『星はらはらと――二葉亭四迷の明治』中日新聞社）。また、林芙美子のことを書いたもの（『石の花――林芙美子の真実』筑摩書房）や、ご両親のことを書いた『明るい方へ――父・太宰治と母・太田静子』（朝日新聞出版）など切れ間なく作品を発表している。精力的に良く書くなあ、と感服する。でも今は本の売れない時代だから、と言って朝日カルチャーセンターの講師を、神奈川、千葉のような東京近県から、大阪、名古屋などに至るまで、片端から引き受けて、幾つもの教室を飛び廻っている。外国旅行にもよく出かけるらしい。私より何歳若いのであろう。若いっていいなあ、と羨ましくなる。

今日の対談は「漱石の家族」というタイトルで、治子さんが訊き手で、私が語り手である。ただ漱石というと、みな漱石はこういう人だという独自のイメージを抱き、それが絶対である、との確信を抱く傾向がある。治子さんも自分が最近英国に行った時のレストランのご馳走の写真を写してくれて、「漱石さんもグルメでいらしたから」と言ってお話を盛り上げようとなさっているのに、私が「英国に留学していた時の漱石はグルメどころじゃありません。勉強することに夢中なのと、文部省からいただくお金をすべて本を買うことに注ぎ込んで、自身はビスケットを五、六枚食べて水を飲んでいただけだったと私は聞いていますけれど。芥川龍之介は『先生はだから胃をこわしたんだ』と言ったそうです」と言ってせっかくの治子さんの意図に水をさしてしまったりして申しわけなかったと思っている。

でも満席であった聴衆の多くは、治子さんの生徒さんと私の友人、知人であったため、すべてに好意的で終始和気あいあいと楽しく会は終わった。まあまあ成功したのではないかと思う。

図々しくも持ち込んだ私の著書もいずれも完売した。私の前に並んで私のサインを待っていて下さる方々のお一人お一人に礼を言い、本の左端に私の名を書いた。列の後方であがった「あら、もうないの?」とか「売り切れちゃったの?」と落胆の悲鳴を聞くのは、その方には申しわけなく、私には当然残念という思いもあったが、同時に嬉しいことであった。

「あなた、私が誰かおわかりになる?」

と目の前に立つ女性に訊かれた。小綺麗ですっきりした品の良いおばあさまである。はてな? と上から下まで彼女をじっと見つめたが全然わからない。

「小学生の時、お近くに住んでいたからお宅によく伺ったのよ」

「エッ」

と飛び上がりそうに驚いた。「この中に私の現住所と電話番号が書いてあります」と言って、私の手渡す私のサイン本と引き替えに彼女は小さな茶封筒をくれた。封筒の表には、「東調布第二国民学校一年三組(服部先生)」と書かれていて、裏には、「東京都大森区田園調布〇-〇〇〇」という当時のご住所とご本人のお名前が書かれている。服部先生は、お名前もお顔も憶えているのに、この方のお顔も名前も苗字も思い出せないなんて、自分の頭の衰えに、激しいショックを受けた。

しかし、これから懐かしい懐かしい七十二年前のお友だちとの新しいおつき合いが始まるかもしれないと思うと心がときめいた。彼女に会えただけでも今日の会は私にとって大きな意味のある会であった。と私は治子さんに改めて感謝した。小さいながら、広告を出してくれた朝日新聞にも感謝した。

歯痛との闘い

左のこめかみを中心に額から後頭部、頬にかけて、重い頭痛を感じ始めたのは春のことであったろうか。その痛みは絶え間なく襲うのではなく、時々それらの場所をあちこち移動した。何だろうと不安を感じたが、連続的な激痛が起きるわけではなかったし、痛くない時もあるから、そんな時は忘れてしまっていた。

私の母は重度の緑内障を患ったが、その発作が起きる一年ぐらい前から、頻《しき》りにこめかみを指でおさえて、「ここが痛いの」と私に訴えていた。その時すぐに医師の診断を仰《あお》いでいれば重症にならずに済んだのにという後悔は今も私を苦しめている。

この時のことを思い出し、ひょっとすると私も眼を患っているのかしら、と眼科医の診察を受けた。両眼とも前の時と視力は変わらず、視野も検査の結果、完全ではないが、まああの状態である。問題の眼圧が、通常は両眼とも十五、六であるのに、その日は何の加減か、私が頭痛を感じていた左眼の眼圧が十九にまで上がっていた。先生は「もしかしたらごく初期の緑内障かもしれないから、しばらく様子をみましょう」と言った。

それまでは無料老人検診の時、すなわち一年に一度しか受診したことはなかったが、その日から二週間に一度の割で、二ヵ月間眼科の検診に通ったが、最終的に先生は、

「今まで検査を受けていただいた結果、緑内障ではない、と私は思います。まだ頭痛が続くようでしたら、他の科、内科で診てもらわれたらいかがですか」

「ふーん」

じゃ、この頭痛は脳血管障害の予兆だっていうことなの。だとしたら緑内障に匹敵するほど恐いことではないか。とまたしても漠然とした不安に覆われた。内科に行って頭を輪切りにされる検査を受けなければならないのかな。脳梗塞、脳血栓、脳出血などという病名が頭の中をぐるぐる廻っている。早く大病院に行かなければと思いつつ、すでに夏を迎え、あまりの暑さ続きに一日のばしにしていた。

そうこうするうちに、左の下のいちばん奥の歯に鈍痛を覚え、二、三日経つと激痛に変わった。私の行きつけの歯医者さんには、四ヵ月に一遍チェックに行って、洗浄してもらっているが、時期がくると「お待ちしております」と書かれた葉書が届く。今回はまさか歯と思わなかったので、眼科に行ったりして葉書が届いてからかなり日が経ってしまっていた。

さっそくに予約を入れ、歯科医に行くと、レントゲンを撮られた。その痛む歯に被せてあるものの下が虫歯に侵されていて、大きく穴があいているらしかった。まず虫歯の部分を削って、その穴に何かを詰め込む細かい作業がなされているようである。一時間を少し超える治療が終わり、「では、また次の葉書が着いたらおいでください」と先生に言われ、帰宅した。

この先生には三十年以上もかかってきたが、とても腕が良く、今までは一回一時間ぐらいの治療が済んだ後、大問題が起きた例《ためし》はなかったし、その日もこれであと四ヵ月は大丈夫と確信していたのである。ところが、今回は治療後四、五日してから、またまた痛くなりだした。その時すぐに予約を入れたかったが、あいにく先生は長い夏休みを取っていたので、一週間以上も痛みを我慢して暮らした。

やっと休みがあけて、再び歯医者に行くと、被せた詰め物を外して、どこかを削ったりしていたが、何と診断は「歯根が壊死《えし》しています」ということであった。しかし、自分ではしないから「歯根の専門医をご紹介しますから、そちらにいらしてください」と言われ、そして、地図と紹介状を渡された。この先生の良いところは、自分より腕が上のより良い専門医に自分の患者をまわすことである。

痛みは二度目の治療直後にはいったんは治ったように思えたが、その夜は寝不足になるほど痛くなった。かつての先生なら考えられないことである。やはり先生も年なのかなと、思いつつ痛みをこらえていた。

翌朝、新しく行く先生の診療所開始の九時に電話を入れて、「今、痛くて我慢ができませんから、なんとか今日中に診ていただけませんか」と懇願した。地図を頼りに言われた時間に行って、すぐに診察してもらう。

「化膿してますね。雑菌が入ったのでしょう」と先生は言って、消炎剤と化膿どめの抗生物質の二種類の薬を十粒ずつくれた。「二つ一緒に一日三回、八時間おきに服用して下さい」と言う。

その日から服用し始めたが、二回目を服《の》んだ途端、今までより強烈な痛みに襲われ、頬からのどと首の交わる所まで膨れ上がった。私の体がこんなに拒否している薬を服み続けるべきかどうか、日曜なので先生に相談しようがない。薬剤師の友人に訊くと「服み切った方がよい」と命令された。おっかなびっくり私は服み続ける。

服み終え、二、三日すると腫れも痛みもかなり引いた。完全に引かなければ治療はできない。ようやく第一回目の治療が終了したのは、九月七日。ただ、患部の膿や汚れや菌を取り除くための洗浄だけであった。そして、二度目も同じ。三度目の九月十六日、ようやく歯根の処理がなされた。最初の治療で雑菌が入って患部が化膿し、それを除くための消炎剤を私の体が受け付けなかったのは災難としか言いようがない。それから最初に私の神経が歯に向かわなかったのは手遅れの元となったのであろう。災難と手遅れに苦しめられた夏であった。

でも、その間にきちんと食事を摂れなかったので、私が少し痩せたのはせめてもの収穫であったと言えようか。

しつこい風邪

今年の風邪はしつこい。現在形で書いているのは、十月半ばに罹った風邪が十二月になってもさっぱりよくならないからである。

十二月六日には医者の友人が権威ある賞を受賞してお祝いの会が催された。その会場で、医者にしてシャンソン歌手の彼女自身が歌う場もあるという。かなり前に招待の電話をもらった時、「もちろんうかがいます」と即答し、それからは一時抑えられていたのか、あるいは本当に治ったのかわからないが、一応ひどい咳も治まり風邪も良くなったように思えた。

ところがである。お祝いの会の翌日になると、のどが再びヒリヒリと痛み出してきた。そのうちヒリヒリがビリビリに変るような激痛がのどを襲う。そして激しく咳き込んだ。とにかく普通のゴホンではない。胸の奥底から、息をヒーッと吸い込むと、入れ違いに、激しく咳き込む。続け様に咳き込んでいる間の苦しいことといったらない。まるで百日咳である。

気管支が騒ぎ始めると、周囲の臓器も影響し合っていっせいに暴れ出すらしい。その騒ぎとは激しく連続的な咳なのである。臓器がいっせいに咳となって騒ぎ立てるのだろうと私は解釈した。

私は若いころからめったに風邪など引かない丈夫な体質だったが、八十歳を超えてから一度流感に罹ったことがある。近くのお医者さんがくれたタミフルを飲んだら一週間で治った。今度もそのお医者に診断してもらって、いま起こっている症状を説明すると、それに合わせてのどの痛みを取る錠剤、咳を静める錠剤ほか四種類の薬をくれた。毎食後一粒ずつ服用するようにと。

その通りにして二日経つと、ずいぶんよくなったような気がした。

翌週の月曜日に再びお医者に行った。「おかげさまで回復途上にあるようです」と報告すると、「でも咳がまだ出ますね。もう少し強い咳止めと替えておきますから」とお医者さまが言う。

その夜、もうよくなっているような気がしたので、新しい薬は飲まなくてもいいかと思いながらも、もっとすっきり治った方がよいに決っていると思い直して、昼間お医者がくれた新しい薬を服用してみた。これで明朝は完治しているだろうと期待すら抱いていた。

それがどうであろう。その夜は大変な夜となったのである。

治まりかけていた咳が、夜半ごろから出始め、時が経つにつれて激烈さが増した。たぶん新しい薬が私に合わなかったのであろうか。夜中だったから、ものも食べていないし、水も飲んでいなかった。それなのに気管支の中に物が詰り放題の感じなのである。それを気管支が猛烈な勢いで追い出すべく大暴れし放題といった感じで苦しい咳がとまらなくなったのである。

年をとると、食べ物や飲み物がきちんとのどに入らず誤って気管支に入りやすくなり、むせる回数が増えてくる。それで誤嚥が増え肺炎にかかりやすくなる。各器官が正確に機能を果してくれないと人間は大迷惑をこうむる。

その昔、久保田万太郎《くぼたまんたろう》という作家がいた。彼は俳人でもあり、芝居の世界でも劇作家兼演出家として絶大な勢力を揮っていた。たまたま洋画家の梅原龍三郎《うめはらりゅうざぶろう》邸での宴席で（高峰秀子夫妻ほかもいた）赤貝を気管支に詰らせ、そのまま呼吸困難に陥り、その場で逝ってしまった。報道はそこまでだったから、それ以上詳しいことはわからないが、ともかく気管支の中に食物が詰って呼吸不可能となり亡くなったのは確かである。

その間の時間は何秒ぐらいだったのであろうか。それがどんなに短かくても、ご本人はどれほど苦しかったであろう。そして会食していた人々や近くでそれを見守っていた人々はどんなに仰天したことであろう。自分とは遠い人であったが、著名人であり、ちょっと衝撃的な出来事であったので、いつまでも記憶している。

その夜の私が苦しさからどうやら解放され、睡《ねむ》りに入れたのは明け方になってからであった。あまりの苦しさに跳ね起きたら、口から何かヌルッとしたかたまりのようなものが、大きく咳き込んでいる最中にポロッと飛び出したのであった。暗くてそれが何であったかわからないが、もしかしたら落語などに出てくる「死神」であったかもしれない。

たった一人の夜

夜中にふと目が覚めた。そんなことはこの夜に限ったことではない。若いころなら枕に頭をつけた途端に寝入って朝まで目覚めないのが当り前のことだった。今はそうはいかない。何度寝返りを打っても睡れないときは睡れない。そういう日は手洗いに行き、睡眠薬を服用してから寝床に戻る。そうして何とか朝方まで寝入る。目覚めた時間が六時、七時だと起きてしまう日もあれば、それから九時、十時までぐっすり睡る日もある。

今夜は私一人である。隣りで寝息をたてたり寝返りを打つ音がまるで聞こえてこない。私は臆病だから私を取り巻く静寂な闇が、私を抑えつけて胸を圧し潰したりしないか、とビクビクしている。

でもその夜は一人きりのわりには、不思議なほどこわくなかった。

もう老人だものなぁ。私がお化けになって人に恐がられる日も間近いのかもしれない。そんなことを考えた。

夫は今朝入院して、今はいないのである。実は私が先にひいた風邪が長引いていつまでも治らぬうちに、夫に感染したのであった。肺の奥からひどい咳がひっきりなしに出て、痰が容赦なく咽喉にからむのである。しかもそれが長引く。三週間ぐらい経って私の咳の回数もようやく減ってきて、そろそろ風邪も峠を越したかなと安堵していた。夫の風邪も私と同じタイプだから、おっつけ治るであろう、と高を括っていたのである。ところが、夫の咳はひどくなる一方であった。

その日の夜明けに、夫がベッドから跳ね起きて寝室を飛び出し何かガタガタとやっている。薄ぼんやりしていた私の頭も突如冴えた。「どうしたの?」と聞くと「今、薬服《の》んだけど、肺に入っちゃった」と苦しそうに咳き込んでいる。そして「寒い、寒い」とガタガタ震えている。額に手を当てるとひどく熱い。仰天して私も飛び起きた。頭の中が真っ白である。床暖房の温度を目一杯上げた。肺炎にかかりつつあるのであろう。でもどうしてみようもない。

早朝ではあるが、救急車を呼ぶしかないのではないか。しかしいま病院へ行っても当直の先生が専門医でなかったら適切な処置は受けられないのではないか。

病院開始の八時まで待って病院の受け入れ体制が整ってから、救急車を呼んで、病人を運んでもらった。夫はまだ震えている。

病室に運ばれると、担当の先生と三、四人の看護師さんが待っていてくれて、すぐに病院の寝巻きに着替えさせてくれ、ベッドに寝かせ、点滴、酸素吸入など必要な処置がなされた。その素早いこと、手際の良いこと。あー、このオッサンはまだ生命力、寿命が残っていたのだな。家を出る時は紙のように白かった頬に薄桃色が差してきた。近代医学の威力って凄いなぁ。こんなに迅速な効果が現れるなんて、逆に恐いくらい！

先ほどまでの荒々しい息づかいはどこへやら、たちまちに病人はすやすやと気持ち良さそうに眠っている。朝から何も食べずに家を飛び出してきたので、ホッとしたせいか、空腹が呼びさまされた。知らぬ町でランチのレストランを探す気にもならなかったので、美味しくないと知りつつ、病院の食堂に入り、みそラーメンを食べた。空腹でなければ食べられた代物ではなかった。

隣りの生協で、チューブ入りの練り歯みがきだの、ティッシュペーパーだの石けんだのを買い、病院に戻る。寝ている夫を上から覗き見ると、頬のピンクの色がさらに濃くなっている。私はこっそりと病室を出てナースステーションの看護師さんたちに「いろいろお世話になりました。今後ともどうぞよろしくお願いいたします」と深々と頭を下げてから帰宅した。

一人になったその夜、ベッドで目覚めて一人でいることに気付いても、昔ほど恐くも侘びしくも感じられないのは、病人が良くなりつつありそうなのを見届けたせいもあるが、やはり私自身が以前より年を取り、死にぐーんと近付いたせいだろう。

夫が救急車で入院するのもおそらく珍しいことではなくなって、その回数も増えていくであろう。私がその都度うろたえないように、あわてないように、と神様が私に練習の機会を今日は与えて下さったのであろうか。

八十七歳と八十二歳の夫婦には、やがては無に帰する日が来るのであるが、その日が来るまで長く生きていくのは、それほど容易なことではない。試練はまだこれからか。とにかく年を取るということは、避けることができないだけに、大変な大仕事なのである。

夫を送る

退院の日の大騒ぎ

たかが一週間の入院なのに、夫は二日目（正確に言えば初日からかもしれない）からすでに倦《あ》き倦《あ》きしていた。私も以前一週間の検査入院を命ぜられたことがある。手足の自由のきく人間にとって、何もせずに一室に閉じ込められるほど忍耐を要するものはない。私の場合は、かなり恐い病が発見され手術を余儀なくされたから検査は無駄ではなかったのだけれど、毎日タクシーで通えば入院を免れたのにと、どれほど辛抱のいる入院を後悔したことか。

しかし夫は入院せざるを得なかったのである。なぜなら、短時間の休憩を挟んでほぼ一日中といってもいいくらい点滴治療を受けていたからである。真夜中にも起こされていたという。しかもこのこじれた帯状疱疹はウイルスによる伝染病でもあるので、隔離部屋に入れられている。実際私でさえ病室に入る時にはマスクと前掛けをかけさせられていたのである。点滴の器具を腕につけたままガラガラと引き擦りながら病室内を歩き廻ったって高が知れているし、実際にはそんなことは不可能に近いことで、患者はベッドに足を投げ出して座ったりひっくり返ったりして時を過ごすのが習慣になってしまう。それはむしろやむを得ないことである。したがってどうしても運動不足になる。

それなのに食事は時間通りに三食運ばれてくる。夫にとってはこれがまた大きな苦痛の種となった。家にいる時には夫はめったに米飯を口にしない。その替りでもあるまいが、アルコール類はたっぷり飲む。病院は当然禁酒であるから、運ばれてくるものを食べるしかない。たっぷりの米飯とお菜が三、四品、それを見るだけでもうんざりしてしまうという。私からみれば病院食としては最高の部類に入るのだが。

折しも熊本で震度七という大地震が発生した。テントや車の中で寝泊まりしている被災者にくらべれば、何と贅沢な言い分かと思ったが、「もう飯《めし》の顔を見るのもイヤだ」と不平を言う。つらさはわからないでもないので、「そんなら残せばいいじゃないの」と言うと、「だって食後看護師さんがいちいち蓋を取って見るんだもの」と答える。「バカじゃないの。そんなにエエ格好しなくてもいいじゃない」とあきれた。こんなところで良い子ぶりっ子を演じているのではよけい神経がくたびれ果てて、入院生活がうんざりするのは当り前である。少しは熊本の被災者の方々を思え、とどやしつけてやりたくなってくる。

明日退院という日に、病室に行くと、感染防止のための「武装《ぶそう》」をする小部屋の扉が開け放たれ、病室の窓の光が小部屋にまで届いてとても明るい開放的な印象を受けた。「午前十一時に退院だって」と言う夫の顔も晴れやかで声も弾んでいた。これで明日の午後から重っ苦しい雰囲気とお別れだとホッと安堵して「あなたってオッチョコチョイだから、気をつけてよ」と念を押して私は病院を後にした。

翌朝十一時を少し過ぎて私は病室に着いた。夫も待ち切れなくてとっくにスーツに着替えてソワソワ待っていると思いきや、当人は寝巻きのままベッドに両足を伸ばして座っている。

「どうしたの?」と訊くと、

「もしかしたら今日中に退院できないかもしれません」

「エッ、どうして?」

実は昨晩、点滴前に用を足しておこうと思ってトイレに行ったという。

「小便をしている最中に急に下を向いたら突んのめって、俺の額の辺に硬いものがあってそこにガツンとぶつかったんだ」

よく見たら額に絆創膏が貼ってある。

「何でそんな狭い所で下なんか見るのよ? トイレに電気点けたって消灯時間後だから薄暗いでしょうし、危ないったらありゃしない!」と怒鳴ると、

「ハイ、私もそう思います。でもちょっと一物《いちもつ》が気になって見たくなったんです」

「バッカみたい！　ただでさえ年取っているんだから、よろけたり、ふらついたりするのに。危ないじゃないの。そんなもの家に帰ればいくらでも見られるじゃないの」

「ハイその通りであります。ここにいたってベッドの上で見ることは充分できます」

真夜中に点滴をしにきた看護師さんが驚いて当直の先生まで駆けつけてきて下さったとか。時ならぬ大騒ぎで夜が明けるまで何度も看護師さんも様子を見にきて下さったとか。まったく申しわけない。人騒がせな男をどうかお許し下さいませ。今朝すぐに頭のCTを撮られ、今その結果待ちであるという。

そこへ看護師さんが入ってきて、頭の中の別の場所でうっ血が見つかった。今日は退院していいが、後日改めて来院して細かい検査をし、場合によっては通院して治療をしましょう、と先生がおっしゃった、と言った。こうしてその日は何とか予定通りに退院ということになった。退院してもこの男はきっと私に迷惑をかけそうだと戦々兢々としながら車に並んで乗った。

つきあいきれないバカ男

バカ、バカ、バカ、バカ、バカ、と何度繰り返しても足りやしない。本当に吾が亭主は、大バカヤローのコンコンチキである。

「二度同じ過ちを繰り返す奴《やつ》はバカなんだよ」と以前大失態を演じた時に、よくよく言い聞かせたつもりでいたし、本人も懲《こ》り懲《ご》りしていると思い込んでいたのに、なんということだ。

二〇一九年八月十六日の夜十時ごろ、比較的早くバカ男は帰宅した。

その日は「今夜は飯はいらないよ」と言って、午後二時くらいに出かけたので、「シメシメ、夕食の支度をせずにすむ」とほくそ笑みつつ、夫を送り出したのであった。行き先は内幸町《うちさいわいちょう》の東京新聞のビルの一室で、令和という年号を考案されたといわれる『万葉集』の大家・絶対的権威である中西進《なかにしすすむ》先生と、吾《わ》が夫・昭和史研究家の半藤一利との対談が行われることになっていた（八月二十八日の東京新聞にはその対談が大きく掲載された）。

二人は大学時代の同級生である。夫はボートの選手だったので、隅田川の艇庫に寝泊まりしていて授業をサボりがちであった。ボート漕ぎに熱中するあまり、勉強の方はおろそかになっていた。やがて卒論に着手せねばならぬ時期を迎えた。国文科だから卒論には『万葉集』をやろう、と決めて友人に明かしたら、「やめとけ、おまえ知らないのか。俺たちのクラスには『万葉集』のお化けがいるんだぞ。あんな奴と比較されたらおまえは落第して卒業できねえよ」と、その友人に脅された。

東京新聞の記事はそんな二人のプライバシーにも触れていた。その他、戦時中をどのように感じながら生きていたか、終戦をどう受け止めたかなどなどを二人は語っていた。当然「令和」のことも。

対談後、中西先生は京都に帰られた。夫より一歳年上だから九十歳であるのに、京都から東京まで日帰りの旅をされる。なんと健康で精力的なのであろうと感服した。夫も講演とテレビ出演はとうにやめたが、毎月のように本を出すなど八十九歳という年齢にしては精力的に仕事をこなすほうであろう。しかしすべてにおいて中西先生にはかなわない。中西先生は、私より遥かに若く麗しい奥様に傅《かしず》かれていらっしゃるし、なにより飲酒をなさらない。だから酒の上での無駄な失敗を起こさずにすむ。

その夜も東京新聞が催してくれた酒宴を横目で見て、中西先生は早々と京都にお帰りになったのに、吾が飲んべえ亭主は、意地汚くも居残って記者の方たちと飲んだのである。

拙宅では、どんな酒でも二杯までと決まっていてそれ以上は飲んではいけない、と私が取り決めている。それなのにその夜、夫は勧められて四杯も飲んだというではないか。

前述のごとく、その夜十時ごろ夫は帰宅した。その後は居間のソファーに腰かけて少し私と雑談を交わしてから床に就いた。私もほどなくベッドに入り寝付いてしまう。

夜中に夫は手洗いに行こうとベッドの脇に立ち上がろうとした時に、足の付け根に激痛が走った。二人ともそれまで丈夫に過ごしてきたので、吾が家には介護用品はおろか階段以外には手すりもない。夫はトイレに行きたくなるたびに死ぬ思いでドアや壁に摑《つか》まるようにして伝い歩きをし、用を足していた。五、六時間前にはなにごともなく歩いていたのにこの痛がりようはなんなのだ。

骨折なら救急車を呼ばなくては、と本人に骨折するようなことをしたのか、と聞いてみたら、拙宅まで着く途中の角でタクシーを降りて、わずか四、五軒の家並みの続く道を歩いて帰宅したとか。その短い道で転んで足をしたたか打ったという。私はカーッと頭に血が上った。憤懣《ふんまん》やるかたない。

思い出すのも忌ま忌ましいが、そう遠くない過去に、夫は同じあやまちを犯したのである。その時のほうが状況は深刻であった。十二時をまわっても帰宅せず私を苛立たせた。

一時半にチャイムが鳴り、出てみると、前の家の若奥さんが「あのー、お宅のご主人さまがご門の前に倒れていらっしゃいます」と告げてくれた。私は頭が真っ白になり全身から血が引いた。翌朝病院に連れて行ってレントゲンを撮ってもらうと、肩の骨が折れていたが、小さい骨だから、とお医者はきつくそこを縛って腕を吊って帰してくれた。「二週間もしたら治るから」とのことで、大事には至らなかったけれど、その時も送ってくださった方が「お家《うち》の前までお送りします」と言うのを振り切って、例の角で車を降りて短い道を歩いて拙宅の門前で力尽きてひっくり返ったらしい。危ないったらない。

「飲んだら、必ず家の真ん前までタクシーに乗って帰ってくるのよ」と言い聞かせ、固く約束を守らせてきたのに、今回それを破るなんて！　許せない！　と怒り心頭に発した。が、痛がっているのに、苛めて怒鳴ってばかりもいられまい。

翌日、救急車で拙宅に比較的近い自衛隊中央病院に運ばれ、検査の結果、大腿骨《だいたいこつ》骨折と診断された。全治三ヵ月半から半年。ウワー、長いなあ。でもご近所のおばさまたちによれば「あの病院に入れば安心よ。手術は上手だし、特にあそこの整形は優秀なのよ」だそうである。

少しホッとする。でもこの先短い余生をあのバカ男と暮らす不安は募るばかりである。

夫の幽霊

深夜の十二時を過ぎてから床に就いたのだから明け方だったのかな、それとも眠りの浅い私のことだから二時ごろであったのかもしれない。深い眠りに落ちていたはずなのに、突然無理やりに起こされた時のように、ビクッとして上半身だけだが跳ね起きた。

廊下から部屋の中に細い明かりが洩れてくる。その中にひょろりとした棒切れが突っ立っている。棒切れの天辺《てっぺん》に夫の顔が現れた。「ウワー、出たー」と叫びそうになる。骨折した夫は目下入院しているが、病院のリハビリ服を着ている。しかし、なにも語りかけないし笑いもしない。それに足もない。やっぱりお化けに違いない。それなのに、夫だからかそれほど恐くはない。

私は元来臆病で、お化けを人一倍恐がるほうであるが、幽霊や霊の存在を信じて本気で恐怖を抱くようになったのは、ごく稀にだが、夫の身に怪奇現象が起きるのを見届けてからである。

私にはないが、夫は霊感の持ち主である。私が巻き添えを喰った、夫が襲われる怪奇現象の例を一つ二つ挙げてみよう。

夫には、実在した軍人さんたちが主人公の『戦士の遺書——太平洋戦争に散った勇者たちの叫び』（文春文庫）という著書がある。そのノンフィクションを書いているあいだじゅう、夫は夜寝入ってから、地を這うような野太くて低い、世にも不気味な声を発して、私を震え上がらせた。うなされる声というものは、人の恐怖を煽《あお》るに充分な一種独特な声である。

先に目覚めさせられている私は、必死で夫を揺り起こしながら「やめてよッ。早く起きてッ」と暗闇の中で叫ぶのである。夫は薄ぼんやりと目覚めたらしいが、その夜は二人ともぐったり疲れ果て、そのうえ恐くて早く眠りたい一心で、とても会話を交わすどころではない。

翌日の午後、「昨夜はどうしたの」と訊くと、いま書いている本の主人公たちが入れ替わり立ち替わりやってきては「間違いを書くなよ」「正確に書かないと承知しないぞ」と懇願というよりは命令口調で脅すそうな。さすが軍部のお偉方ではある。

みなで夫の体に乗っかって「いいな。わかったな」と念を押すために夫の胸を押すのだそうである。「わかりましたよ。でたらめは書きません」と答えている時、あの奇妙奇天《きて》烈《れつ》な声をあげているのだろう、と夫は言う。

その作品を書いている間は毎日のようにうなされる夜が続いて、私も恐ろしくて閉口させられた。作品の中に登場する人物が多かったからであろうか。書き終えたらピタッとみなさん来なくなった。したがってうなされることもなくなった。

それから十数年経って『山本五十六』（平凡社）を執筆していた時、同じ現象に夫は取りつかれた。その夜、例のうめき声を何年ぶりかで聞かされて底知れぬ恐怖で目覚めさせられた私は、「早く起きてよ」と例の通り、夫の体を揺り動かした。

翌日の午後、

「昨夜はどなたのご来訪？」

と尋ねると、

「おそらく五十六さんだろ。海軍の白い夏の軍服を着ていたから」

と夫は答えた。

「へーえ、それで何か言われたの？」

「今回は何も言わなかったが、コツコツという階段を上る音や、上りきってしばし寝室の前で佇《たたず》んだり、扉を開けて入ってくる気配が感じられた」

入室して夫のベッドの端に座ったままじっと顔を覗いている。それから覆い被さって胸をぐーっと押し始めた。苦しい最中に「ひょっとしてお礼に来てくれたのかな」と思った瞬間、夫の胸はすーっと軽くなったという。幽霊というのは、自分が訴えたいことがあるから出てくるのだろうが、それを相手が察してくれて、きちんと自分の思いが伝わったとわかると消えてなくなるものらしい。

さてさて今回、吾が家に出たお化けは夫であったし、すぐに消えてくれたからお化け嫌いの私も恐くはなかった。でもいったい私になにを伝えたくて出てきたのだろうか。生《い》き霊《りょう》なんて執念深そうでかえって気味が悪いが、なんだかさっぱりわからない。

二、三日考えてようやく思いついた。夫は今回初めて大腿骨骨折をした。二ヵ月前に手術をし、いま懸命にリハビリに励んでいる。少しは歩けるまでに回復した。が、全治まではまだ遠い。そのうえ、もしもう一回骨折したらこんどは完全に歩けなくなるそうな。恐ろしいことだが大腿骨骨折とはそういうものらしい。夫は今までに三回骨折している。うち二回は酒を飲んでふらついて転んでしまったのである。骨折は完治するまでが長いから非常にやっかいである。おまけに二度目の大腿骨骨折は、寝たきり老人になる可能性がとても高い。

しかし心《しん》からの酒好きは一杯飲んだら、自制心も自省心もなくなってしまう。私は老老介護なんて真っ平だし、静かな余生を送りたい。それでこんこんと「もう表でお酒を飲むのはやめてください」と私はのんびりとした夫に言い聞かせた。が、夫は「さあー、私にはそれができるかどうか、守れるかどうかわかりません」なんてホザいていた。

わざわざお化けになって出てきたのは、

「私にはそれは守れません。どうか飲ませてください」

と伝えたかったのかしら。

リハビリ

忘れもしない八月十六日に骨折して、十七日に入院したのだから、夫はもう二ヵ月半以上も病院内で暮らしていることになる。さすがの私も、さぞかし飽き飽きしたことであろうと、今は心から同情している。

私にも、七十歳の時に骨折して入院手術を余儀なくされた経験がある。夫との年齢差は五歳であるが、怪我をした時の年の差はほぼ二十歳。つまり夫は本年（令和元年）に大腿骨骨折をし、私はその十四年前に踵《かかと》と踝《くるぶし》を砕くという大怪我を負ったのであった。

そのころ、医療制度が変わって、骨折程度で病院に長居はさせられない、と政府が思ったのか、完治もしなければリハビリも充分にさせずに、患者は規定の日数がくると退院させられた。私は重傷だったので頼み込んで二ヵ月間病院に置いてもらったのであるが、リハビリには自宅から病院まで通わなければならなかった。レントゲンで見ればたしかに骨はついているのだが、術後二ヵ月ぐらいだと、まだまだリハビリをすると患部が痛くて痛くて、私の場合は患部が内出血して紫色に腫れ上がった。リハビリが終わると、すぐに氷水に浸したタオルを当てて冷やした。

夫がそれほどの痛みに耐えているのかどうかは知らないが、私より二十歳近くも年取ってからの怪我だから、骨が硬い分、リハビリはつらいはずである。そして年からいって治りも遅いであろう。ときどき規定のリハビリをこなすのが耐えられないほど臀部《でんぶ》に激しい筋肉痛が走ったりするそうな。九十歳に手の届きそうな爺さまのリハビリは時間がかかるのであろう。

転院したての時は、少しリハビリをするとすぐに血圧が上がるので、横にして休ませられる。心電図もすぐに測定され、その日のリハビリは中止になる。他の病院と比較すると費用が少々高い、という人もいるが、キメの細かい治療をしてくれる。安心をお金で買っていると思えば安いものなのかもしれない。

なんでもそうであるが、後から振り返ってみると、たとえ途中で切れ間は生じても、また次の機会から始めて繰り返し行っていけば、必ず少しずつでも前進できる。積み重ねがいかに大切かは往々にして後になってからわかるものである。やっている最中には気の乗らない日もあれば、痛い日もある。が、また気を取り直して続けているとその成果はいつか現れるはずだ。年寄りほどその成果が現れるのが遅いから、夫は今、ほとほと参っているようである。いくら〝バカ男〟呼ばわりしていた私でも、少しは励ましてやらねばなるまいなあ、と考え直しはじめた。

そんなある日、リハビリの先生に付き添われて、病院の服を着たままの夫が帰宅した。夫に合わせて、介護用品を屋内に設置する業者たち、地域のケアマネージャーなどなど総勢七人が吾が家にやって来て、階段や浴室や廊下を点検し、リハビリの先生が夫に付き添いながら階段を上らせた。左側には私のためにつけた手すりがすでにある。夫は左手でその手すりを摑んで右手に杖を持って上り始めたが、その危なっかしいこと。病院でも練習しているのだろうが、場所が違うとこうも違うのか。階段は横に細長く縦幅《たてはば》が狭いから、杖の先をどこにつけたらよいのかわからないのである。だからすぐ杖が滑ったりする。こんな状態で帰されたらどうすればよいのかしら？　私は憂鬱になる。

私のためにつけた手すりは、夫には低過ぎる。それで右側にもつけることに決めた。両方の手すりに摑まって上り下りすれば、杖を使うよりずっと安全だろう。これも慣れだから、あまり心配する必要はないのかもしれない。

週刊文春に連載エッセイをもつ小林信彦《こばやしのぶひこ》さんもここに入院していらしたと聞くが、退院後、自宅の階段で転倒され大変だった、と知って震え上がった。ますます夫を引き取る自信がなくなる。あんなにも病院に飽きてしまって帰りたがっているというのに……。

この日は何事も起こらずに済んで、夫はリハビリの先生と病院に戻っていった。大人数の客人が一時《いちどき》に押し寄せて、ガヤガヤとそれぞれの考えを主張したので、みなに去られた後、気が抜けた。行く先を考えれば考えるほど疲労困憊《ひろうこんぱい》した。夫の様子ではまだまだ駄目だなあ、あれでは、私の負担がさらに大きくなる一方ではないか、と不安のみが胸一杯に広がる。

翌日は疲れ過ぎて病院には行かず、翌々日の夕方にぶらりとおもむいた。本人はベッドの上で横になり目をつむっているが、私に気づいて「今日は尻が痛くてリハビリをろくにしなかったよ」と言った。

「やっぱり、おととい家に帰ってきたのが祟ったのかしら？　あらもう五時半、ごはんね。帰らなくちゃ」

「えっ！　もう帰っちゃうの。もう少しいてよ」

夫は「今日はお尻が痛いから部屋にごはんを運んでください」と電話をかけている。運ばれてきたのを見て「またこれを食べるのかと思うとね」とうんざりしている。この前の帰宅で里心がついたのか。病院には飽き飽きしているようだが、あの階段の上り下りの様子ではとても私には支えきれない。残された日々のリハビリを必死で頑張って、もっと良い状態で帰ってきてね。

いちばん好きなものは

転院したリハビリ病院には、脳血管障害の患者さんのほうが怪我による患者さんより多いので、最初に口頭で、高齢者が運転免許更新時に受ける認知機能検査に似たものを受けさせられる。

たとえば、

「きょうは何年何月何日ですか」

「九時十五分は時計盤でどういう形に見えますか」

「3足す5足す2引く1はいくつですか」

「ブタ、枕、自動車、ピアノ……いま十個の単語を言いましたが、何個覚えていますか。覚えている単語を言ってください」

などなど。夫も転院した日の最初に、ある一室に呼ばれてテストを受けた。

「いちばん好きなものはなんですか」

「お酒です」

まだ酒を飲んだことを後悔していない。

「いま、いちばんやりたいことはなんですか」

「お酒が飲みたいです」

「ああ、そうですか。テストの方は満点でした」

と、立派な体格の女性の先生は悠然と微笑んでいる。

この日は午前中にこの病院に入院していろいろな事務的な手続きを済ませ、看護師さんの説明を聞いた。昼食は他の患者さんたちと食堂で食べた。前の病院の売店で買ったサンドイッチを私は持ち込んだ。食堂は広く明るく清潔で、隅の方にいくつかのリハビリの器具が置いてある。

すでにテーブルについている紳士が「さあ、さあ、どうぞ」と親しみを込めて、彼の真ん前の椅子を勧めてくれる。

「そこに置かれているコーヒーやお茶はご家族の方もお飲みになっていいんですよ」とその男性が勧めてくれたが、気後れしてとても飲めないので買ってきた缶入りジュースを飲んだ。

後になって夫から聞いたところによると、かの紳士は脳出血でここに入院しているという。初期のころは全身麻痺で口もきけなかったそうだが、いま、車椅子に座っていると上半身しか見えないせいもあるが、堂々としていてまったく健常者である。お話の仕方も舌がもつれることなどもなくきわめて滑らかな、感じの良い方であった。

同じ食卓に座っているもう一人の男性は七十代の後半か八十代前半の、もの静かな方であった。私を見て、

「奥さまでいらっしゃいますか?」

と遠慮しいしい尋ねる。

「ハイ」

と私が頷くと、

「いいですねえ。私は一昨年家内を亡くしまして、家内が見舞いに来てくれるなんてことは夢にもかないませんのです」

と心から私ごとき婆さんの存在を羨ましがっておられるようである。

これも少し経ってからのことであるが、夫が「経団連(日本経済団体連合会)の偉い人だったらしい」とか「なんでも興銀(日本興業銀行/現みずほ銀行)の偉い人だったらしいよ」と言っているのを聞き「経団連と興銀とそんなに凄い関係があるの?」と訊き直した覚えがある。高い地位にいて華々しい活躍をなさった方なら今の孤独がいっそう老軀《ろうく》に堪《こた》

えるであろうと哀れで、私は気の毒でならなかった。それが気になって、それからはもう二度と食堂を訪れなかった。

昼食を終えて部屋に戻ると、少し休んで午後のリハビリが始まった。夫はみずから歩行器で歩く練習をさせられているが、初日だったせいかいくらか緊張して、少し体をこまめに動かすとすぐに血圧が急上昇する。心臓の動悸も激しく打っている。途端にリハビリは中止となり少し横に寝かされる。その日のリハビリはそれで終わり。年寄りのリハビリって時間がかかるものであるなあ、と前途多難が予想される。

そのうち体も歩行器に慣れてきたが、トイレから洗面所まで部屋の中にある場所であるにもかかわらず、ナースコールをせねばならなかった。

が、ある日それがすべて解除され、部屋の中でさえあればなにをしても自由になり、本人も張り切っていた。

それなのに、怪我の治りが実感できない。本人としては懸命に頑張っているつもりなのに、目を見張るほどの成果が上がらないのである。同じことを毎日繰り返してやっているだけではダメなのではないか、ちっともよくならない、という諦めムードが強くなっていった。だから厭き厭きしてくる。これは怖いことである。本人も焦ってきて、リハビリをやめたくなってくるのは当然である。

真剣にやればやるほど患部が痛くなるという。痛みは鼠蹊部《そけいぶ》に集中している。大腿骨を骨折した時、三本の櫛《くし》のような器具で骨の離れた部分を留めた。その時、骨や筋肉をぐっと鼠蹊部に掻き寄せた。鼠蹊部はいろいろなものでギスギス状態になっている。隙間だらけの場所に、リハビリの時には別の骨がぶつかるから痛いのだ。若ければ食べたものが身になって、すぐに隙間が埋まってきて痛くなくなるのだが、年寄りはそういう機能も衰えているのでなかなか治らないのだそうである。九十歳近くになってからの手術というのは大変なのだなあと、あらためて思い知らされた。

亭主は歩けるようになるのかしらと暗澹《あんたん》たる思いに襲われる。それなのに「酒がいちばん好き」だの「酒がいまいちばん飲みたい」とホザくから、この男は罰《バチ》が当たったのである。「いちばん好きなのは妻です」と言っておけばよかったのに。

再手術の宣告

「再手術です」――。

これほど残酷にして衝撃的な言葉があったろうか。手術を終え、規定のリハビリも終え、ホッと一息つく間もなく、執刀医から夫はこの言葉を告げられたのである。道理で懸命にリハビリに励んでも痛いばかりでちっとも歩けるようにならなかったわけである。夫の努力はすべて徒労に終わったのか。このまま徐々に歩けるようになるのだと信じて頑張っていたというのに。

二ヵ月半に及ぶ入院と退院後も常にリハビリで患部を負荷をかけていたので、本人は疲れきってしまった。自宅の階段も両側に手すりをつけて上らせていた。右大腿骨骨折であったから、右足に少しずつでも力が加わってくるであろうと期待していたのにいつまでも無力のままであった。だから左足に全体重を乗せるようにして左手に杖を持っていたから、左肩も左の肋骨の辺りもこりこりに凝って痛くてたまらないという。あちこち痛くなるのによくなっていく兆しは見られない。

それやこれやで退院後二週間以内に手術した病院に行くように言われていたのに、なかなか行く気になれなかった。しかし思い切って、十二月のある日、手術をしていただいた先生を訪ねた。

まずレントゲン写真を撮られた。以前と今回撮られた二枚の写真が診察室に張られていた。白くもやもや写っているものが骨らしい。その中にくっきりと先生が櫛と呼んでいる物体が写っている。それは折れた骨をつなぐものだと聞いていた。それが少しずれているのがはっきりわかる。高年齢で骨が思いのほか弱く、少しずつ崩れ始めているのでやむをえないという。

整形外科医の六十パーセントは体に負担の少ないこの手術を選ぶというが、ごく低い確率ながら、この手術が適さない患者が出る。夫はその運の悪い例の一人になってしまったのである。九十歳になろうとする爺さまの骨がいかに弱いものであるかを証明するかのように。これはもはや運の問題に近いわけでミスではなく、先生は淡々と事実を述べたに過ぎない。私たちには詫びなかった。

とはいえ、ミスではない、と言われても私はすんなりと納得できなかった。それにしても他にもっと良い方法はなかったのかなどさまざまの疑問も湧いた。が、先生を責めたってなんにもならない。

医者のみならず関係のない人々にとってはまったく重大な問題ではない。が、本人とその家族にとっては一大事も甚だしいのである。再手術は櫛を取り外し、人工骨を入れるのだという。

リハビリ病院では、「痛い」としばしば夫が医師に訴えていたにもかかわらず、レントゲン写真を撮って手術した病院に送るというようなことはしなかった。これはリハビリ病院の怠慢であると私は非常に憤慨している。そして痛いのを堪《こら》えさせてリハビリを「強いて」いた、いいかげんさや杜撰《ずさん》さに猛烈に腹が立つ。

いっそこのリハビリ病院を訴えたいとすら思う。しかし大きな病院だとおそらく手ごわい弁護士がたくさんついているだろうから、死亡事故でもないのに私が勝てるわけがない。費用もかさむだろうし時間もかかる。そんなことに己の身をすり減らす暇は今の私にはない。

いくら自業自得とはいえ、夫は運が悪過ぎる。こうなった以上は、私の全精力を、夫を歩かせることに集中させねばならぬ。

夫は真面目人間の上に勉強大好き人間である。絶えず勉強をし、なにかを書いている。あれだけ机の前に座って文章を書くことに専念していたら、酒くらい飲んで発散したくなるのは当然であると私は思っている。

昔は、ゴルフやテニスのような屋外スポーツが好きで休日は空気の良い郊外で汗をかくような男であってほしいと思ったものである。しかし夫は若い時から書くことと酒を好んだ。それも半端な量ではなかったが肝臓が異常と思えるほど丈夫で、飲み過ぎで二日酔いになったことはない。八十五歳を過ぎてからは自然に酒の量も減り、と言っても毎晩グラスに日本酒か、ビールか、あるいはワインをなみなみと注ぎ、「あー美味しい！」とうまそうに飲んでいる。それで仕事の疲れを発散し、新たな創作意欲が湧いてくるとしたら、むしろ酒は「百薬の長」以上の宝物ではあるまいか。

酒好きは往々にして意地汚い。自分の適量を心得ているのに、人に勧められると「もう結構です」と断る人はまずいない。たいていの飲んべえは「どうぞ」と勧められたら、「これは、これは」とか「どうも、どうも」などと相好《そうごう》を崩して、盃を持つ手を伸ばして、相手の注ぐ酒を受けてしまうのである。

自宅にいれば適量を守れるが、怪我をした夜は、オッカナイ女房がいないので、ホッと気が緩み、羽を伸ばした夫はよけい燥《はしや》ぎたくなったのであろう。適量の二倍飲んだらよろけて転んだのである。

私たちは甘ちゃんで、手術とある程度のリハビリをすれば歩けるようになると信じていた。ところが手術をしたら夫はごくパーセンテージの低い手術不適応者、すなわち運の悪い患者の中に入ってしまった。

次の手術には絶対に成功してほしい。そして再び歩けるようになってほしい。私は祈るしかできないことを歯痒く感じつつ、ただただ祈っている。

肺炎のおかげ（?）

再手術の日は一月十四日と決まった。

このままなにも起こらずに無事に手術ができますように。足の長さが違って多少片足を引きずってもやむをえない。とにかく自力で歩けるようになってくれれば、それで大満足である。

「いまは医学が進歩してますから大丈夫ですよ」と私の心を軽くしようと懸命に励ましてくださるお方もいた。たしかに近代医学の進歩は目覚ましい。

でも最初の手術を夫は、すんなりと受け入れられなかったではないか。油断も隙もありはしない、現実は！　心配で心配でたまらない。私でさえそうなのだから、自分が片足を失って寝たきり状態になるかどうかの瀬戸際に立たされている当の本人にしたら、もっともっと不安は大きいであろう。本人は見上げることを忘れてしまってしょんぼりと床ばかり見つめている。どんどん生気を失っていく。半分、いや相当落ちこんでいるなとかわいそうになる。が、憐れむよりももっと深刻な問題なのである。

そうこうするうちに令和二年を迎えた。毎年大晦日に吾が家に届くようにおせちを、それも私なら絶対に買わない、特上のを送って下さる夫のファンの方がいらして、今年も相変わらず送ってくださった。

元旦には、これをいただきながら雑煮を食べた。夫も私も一個ずつ餅を食べた。夫も「美味しい」と言っていたから、まだ内臓は侵されていなかったのだろう。

ところが、二日ぐらいしてから、咳が出はじめた。だんだんひどくなり発作が起きると水でも食物でもむせるようになる。誤嚥《ごえん》が恐くてなにも食べなくなった。熱は七度二、三分。でも年寄り特有の無熱性肺炎かもしれない。体が弱って熱を上げる勢いもなくなるとか。恐い、危ない、早くお医者さまに診ていただきたい、と焦るが、あいにく正月三が日と続く土日（実際は三十一日から）はすべて休診である。日本人なら三が日は休むのが当たり前であるし、土日も日本の休日に違いない。でも人の命を預かる医師までが、一斉に休んでしまうのはどういうものか。人間いつ病気になるかわからない。それに私のように毎日家にいる者にとっては、連休は別にありがたくない。それより必要な時にお医者さまが診てくださるほうがどれほどありがたいだろうか。

病状は日に日に悪くなっていくようである。とにかくむせるのが恐いので自然と食物から遠ざかっていくようである。

待ちに待った一月六日がきた。日本中の仕事始めの日である。この日から日本中が目を覚ます。

早速に私は夫を友人の車に乗せ、かかりつけの医科研病院（東京大学医科学研究所附属病院）に連れて行く。

二年前にも、夫はもっとひどい肺炎を患いこの病院に二週間入院したことがある。私たちはこの病院に十五年ぐらい通っている患者である。だからここには夫の病歴のデータがあるし、先生たちとも顔なじみである。

主治医の安達先生は診察の結果、「入院していただくことになります」と言う。

「困ります。十四日には別の病院で足の手術をしなくてはならないし。それに間に合うように治していただけませんか」

「そんな無茶な。十四日はちょっときついなぁ」

とおっしゃったけれど、とにもかくにも病室に連れていかれて、看護師さんに寝間着を着せてもらったり、ベッドに寝かせてもらったりした。

私は「あー」と伸びをしたいほどホッとした。正月以来背負いつづけていた難物を下ろして、突っぱってコリコリにこっていた肩や背中がすーっとほぐれて楽になったような気がする。

口も利かず、下ばかり見ていた夫も、病室では先生や看護師さんの質問に答えないわけにはいかない。家に居る時と周囲の状況もまるで違う。看護師さんと先生が、目まぐるしくもキビキビと動きまわってやる、検査のための処置を見せられるだけでも拙宅の光景とは大違い。

人間なにが幸いするかわからない。まさかウツ状態から肺炎のおかげで抜け出せたとは。以前入院した時と同じく、病院の治療で肺炎もよくなっていくであろう。その夜は、ホッと胸を撫で下ろし、顔も洗わず歯磨きも忘れて、貪《むさぼ》るようにただただ眠った。

翌朝起きたら九時半だった。よく眠ったなあ。吾ながら満足した。私自身も少し休んで疲れを取らなければいけないと思う。

と思う後から、「そうはしていられまい、肝心の再手術はこれからなんですぞ」と、どこかから聞こえてくる声に耳を傾けざるをえなかった。

肺炎の最後の検査は十三日で、十四日に退院許可が出た。十五日の朝早く夫は退院し、そのまま手術する病院（自衛隊中央病院）に転院した。

執刀医の水野先生は、夫を診察してから、

「たしかに肺炎は治していただいたのですが、いきなり今日明日に手術というのは乱暴すぎます。ここでは喉や首や肺や胸を強くするリハビリをします」

とおっしゃって、夫は発声練習や朗読までやらされることになった。

再手術は三十一日。予定より長時間かかったので心配したが、いまは肺炎のリハビリに励んでいる。

エレベーターとおつかい

「エレベーター？」

亭主が足を大怪我してから今まで、そんな言葉は、私の頭の中を掠《かす》めたこともなかった。亭主は目下、二度目のリハビリ中である。こんどの再手術は上手くいった。しかもリハビリもまたうまく調子にのっているようなのである。

この分でいけば、あと一ヵ月もリハビリを続ければ、今よりずっと足も強くなり、体全体も丈夫になるであろう。そのころにはもちろん階段の上り下りも今より楽にできるようになるはずである。

亭主がさもいいことでも思いついたように、

「こんどエレベーターをつけようと思うんですよ」

と上機嫌で言い出した時には私は唖然とした。心底ぶったまげたのである。

「あなた（私のこと）の書斎の端っこの机と本棚のところに二階の出入り口を置き、下は玄関のコート掛けの戸棚のところに出入り口を持ってきましょう」

吾が家はもう築二十五年以上も経っている。一、二回外壁に張ったタイルを洗ったのと、あまりに豪雨が降るので屋根をやはり二度ほど塗ってもらったことはあるが、ほとんど故障などない。いまさらエレベーターなんて、そんな真新しい、近代的なものをつけるつもりもないし、ましてや新築する気などさらさらない。

夫は今年の五月で九十歳、私は八十五歳になるから、そうはこれから生きないだろうと私は思うのだ。でも夫はまだ長生きすると思っているのかしら？

「僕が九十五歳の時にあなたは九十歳になるわけだから、足だってずいぶん弱ってくるでしょうからやっぱりエレベーターは必要ですよ」

「バカねえ。エレベーターなんかに頼って足を使わなかったら、どんどん弱ってしまうじゃないの。むしろ家の中だけでなく、駅の階段だって人がいない時には自分で上り下りする方がずっと鍛えられるのに」

と私は思った。それにあんな古い家屋に穴を開けたり、外壁や内壁を壊したりするのは真っ平ごめんだ。だから即座に反対を唱えようとしたが、それはやめにした。夫の機嫌が近来にないほどいい、というか、とにかく昨年の夏に大腿骨を折って以来、はじめて見る彼の潑剌《はつらつ》とした、自信たっぷりの表情であったから。リハビリがうまくいっていて足の調子がいいに違いない。人間の体調のよしあしや精神状態はすぐに顔に出る。

いまは思いっきり自分の抱いている夢に浸らせておこう。せっかく抱いた大きな夢をもうしばらく、そう、彼の頭の中にきちっとした設計図が描けるまでは、空想のエレベーターができあがるまでは夢につきあって一緒に話をしようと思う。もっとリハビリを続けて足に筋肉がついたら、自然と彼の頭の中からエレベーターは跡形もなく消え失せるであろう。

夫はリハビリ病院に転院してから、手術した右足の鼠蹊部の辺りの痛みが徐々に強くなり、訓練がつらいと医師や療法士に訴えたが、誰もろくに取り合ってくれず、ただ同じようにリハビリを繰り返させられた。いちおう歩行器を使えば、どこへでも行けるし、自分で用も足せた。だから世話なしではあったが、患部が痛いのはどうしてなのか、その理由も調べてくれず、レントゲン写真一枚撮ってもらえず、ずーっと無視されつづけていた時は夫の機嫌も最高に悪く、悄気《しょげ》きっていた。そして歩行器を外したら歩けないほどなのに、規定の日数がきたら退院させられた。

家にいる時も完全に治ったわけではなかったので、外出もできず、例の痛みもとれぬままなので、あの仕事大好き人間と言おうか、仕事するしか能がなかった男が不機嫌のまま、意気も上がらず、私もこれからどうやって暮らしたらよいのか、ホトホト途方に暮れてしまった。そんな宙ぶらりんの状態では、なにもやる気も起きず、情けないことだが、二人して無為に日々を重ねていた。本人はもちろんだが、私もこんな暮らしはもうたくさん、真っ平だという思いで過ごしていたから、どうしようもなく、とにかく手術していただいた病院に夫を連れて行ったのであった。

そうしたら執刀医がすぐにレントゲンを撮り、最初の手術は患者に負担の少ないように折れたところをつなぐだけのものだったが、夫の骨が脆くて、つなぐために入れた金具を支えきれず、それがずれたので痛かったことがわかった。それでこんどはそのよけいな金具を取って、人工骨を入れる手術をしてもらったのであった。

再手術は、前の手術よりずっと患者にかかる負担が大きい。しかし確実性は高い。九十四歳でこの手術を受けて、歩けるようになった私の友人もいる。

夫は、片足を失わずにすんで、人工骨でも両足で歩けるようになって、どんなによかったか。格好なんてかまっていられない。三輪車だか四輪車の乳母車みたいな車を押して、いまに表を歩けるようになったら近くにおつかいに行ってくれるそうだが、そのほうがエレベーターより現実的で、ずっと私にはありがたい。

魔の日曜日

三月二十二日の朝九時ごろに、目を覚ましたら電話が鳴っている。慌てて受話器を取ると、孫からだった。夫が下血して、出血多量で目がまわって失神したという。いまは関節外科に入院してリハビリ中で、それも進んでいる、とばかり思っていたので愕然とした。いま入院している医科研病院は、私たちが十五年も通っているから比較的親しい。だが、小規模で全科がそろっていないので不便を感じることもある。今回も消化器内科のある近くの東京都済生会中央病院に救急車で転院させてくれた。

私は携帯電話を持っていないので、病院からの緊急連絡はすべて娘が受けてくれ、彼女はその病院にすでに行っているらしい。私は風邪を引いて昨日まで微熱があったので、病院に行くべきかを即決できなかったのだが、昨夜服用した薬が効いたのか、昨日よりかったるさがない。

「エエイ！　病院で断られたらそれまでだ。このまま家にいても落ち着かなくて休めやしない」

私はコートを着て家を飛び出した。渋谷へ出て、タクシーに乗り、病院の名を告げると、住所を聞くまでもなく運転手さんはそちら方向へと車を走らせている。

そう言えば、どこかで聞いた名だなあ、と思ったら、そこは母の妹、私の叔母が四十年ほど前に癌で亡くなった病院であり、私も二、三度見舞いに行ったことがあったなあ、と思い出した。入院したてのころはベッドのそばを歩いたり薄化粧をしたりしていたのにあっという間に亡くなった。詳細はほとんど記憶していないのに、なぜこんな時に縁起でもないことを思い出すのだろう、と自分で自分に腹を立てた。

車から麻布十番《あざぶじゅうばん》の地下鉄の駅が見える。ああ更科堀井《さらしなほりい》というそば屋があるところだな。病院の帰りには美味しいおそばを食べに行きたいとしばしば思った。でも、いまはそんな浮かれたことを考えたりしてはいけない、とコロナウイルスの陽性患者のように気持ちが萎縮しているから、いつもトボトボと家路を急ぐだけであった。

タクシーが病院に着いた。ずいぶんモダンに大きく建て替えられていて昔の面影はまったくない。今日は日曜日で正面玄関は閉まっていた。ガラス戸に張られている紙に「御用の方は救急外来の入口から出入りしてください」と地図入りで書かれているのを見て、左隣にある入り口の戸を開ける。建物の中は森閑としている。

少し行くと守衛さんのような制服を着た男性と出くわした。「あのー、今朝入院いたしました半藤の家内ですが」と尋ねると、目の前のエレベーターを指さして「あれに乗って六階で降りて、ナースステーションで聞いてください」と親切に教えてくれた。

ナースステーションのチャイムのボタンを押すと、看護師さんがドアの向こうに姿を現した。半藤と名乗ると待合室に案内してくれた。と、娘がソファーに座っている。「ごめん、ごめん、遅くなって」と謝ると「あー、よかった。心細くて」とホッとした顔をした。夫は救急治療室に入れられているという。

その日の明け方、夫は医科研病院で下血をし、貧血を起こして意識を失った。大腿骨骨折の再手術後のリハビリをするために入院していたから、もう歩けるのだけれど、夜は薄暗いし、寝惚けたら危ないから、と用を足す時はナースコールをしていたという。担当の看護師さんはさぞ驚いたことであろう。まことに申しわけなかった。

同時に感謝すべきは、主治医の大野先生も日曜の朝早くから呼び出されて駆けつけてくださり、救急車に同乗して済生会中央病院の消化器内科に転院させてくださったことである。

娘によれば、癌とか潰瘍ができていると大変なので、とにかく専門医に診ていただこうと連れてきてくださったそうである。そういえば日曜日だったせいか、この病院の救急外来の入り口には誰もいなくて私は検温されずに済んだ。私の熱も六度台に下がっているような気がした。いまどきはどこの病院でもコロナウイルス感染を恐れて平熱でないと院内に入ることはできないのだ。私のは疲労からくる単なる風邪だと思うけど、いま、免疫力が極端に落ちている夫にとっては、コロナではない普通の風邪でも感染《うつ》ったら大変である。こわい、こわい。

そこへ先ほどの看護師さんがやって来て、「どうぞ、こちらへ」とICU（集中治療室）と思われる部屋に案内してくれた。

夫は看護師さんからすぐ見えるベッドに寝かされている。思ったより顔色もよく元気そうに見えた。「俺、大した病気じゃないと思うよ」と私たちだけに言った。今日は日曜日で当直医は専門がちがう。明日、専門医が来て詳しく検査してくれる、という。でも明日からは、私たちの見舞いは禁止となるそうである。

翌日、専門医による詳しい検査の結果、小さなビニールの切れ端（たぶん、肺炎予防のために飲物と食物に入れるトロミ剤の袋の端）を飲んでしまったらしく、食道や喉を傷つけて出血した、という。いやはやまったく最初の手術がうまくいかなかったことから始まって、次から次へと悪運に襲いかかられた闘病生活であった。もう何事もなく無事に退院してください。

関口さんとうちの

コンビニへ入ろうとすると、「奥さん」と呼ぶ声がする。

入り口付近には、私のほかに誰もいないから後ろをふり返ると、目の前に眼鏡をかけた男性が立っている。一瞬、誰だかわからなかった。見た顔であるような、知っている人であるような、と薄ぼんやりした頭の血を巡らせていると、

「先生、大丈夫なの？　奥さん頑張ってるようだけど、ヘルパーさんを頼んだ方がいいんじゃない？」

声で、彼が誰であるかがようやくわかった。よくよく見たら、ご近所に住む関口さんであった。彼自身以前よりも痩せてしまわれたので、すっかり面変りしている。

「だって主人は家の中ではもう歩けるのよ。表を歩く時は、車やバイクを避けるために一緒に歩いてくれる人が必要だけど」

「ああ、そう。じゃあよかった。でも、なにかあったらなんでも言ってよ。うちのによく

言っておくから、遠慮しないでね」

「ハイ、ありがとうございます。困ったら、お願いに上がります」

「そうしてよ。遠慮してはダメですよ。うちのによく言っておくから」

と彼は念を押して、軽く手を上げて帰って行った。私も彼の後ろ姿を見送りながらコンビニに入った。

関口さんは私と話しているあいだじゅう、「うちのによく言っておくからさー」と言っていたが、さて「うちの」とは誰のことか。みなさん誰だとお思いになられます？

女優の竹下景子さんである。眼鏡をかけた男性は、景子さんの夫君で写真家の関口照生さんである。

「竹下景子」と言ったら私にとってはいまだに近寄り難い大スターである。『水戸黄門』の助さん、格さんに「このお方をどなたと心得る」と訊かれたら、印籠を見せられなくても拝顔しただけで、吾が亭主なら「へへエー」とひれ伏したくなるだろう。

年を取っても色褪せない。そう、かわいらしさをいつまでも失わない。ほっそりした、しなやかな体軀。彼女は人知れぬ努力を積み重ねている。日本舞踊のお稽古を長いこと続けているのである。私も何回か発表会の折にご招待いただいた。その成果は確実に女優さんとしての彼女の所作に生かされていると私は思う。彼女は忙しい時間を割いて、いつもなにかを学んで自分を磨いている人であると思う。

彼女はロケで地方によく行くが、東京にいる時は朝六時に起きてお子さんのお弁当を作っていたという。関口さんが近所で拾ってきた犬も毎朝散歩させていて、私たちはときどき擦れ違って、笑いながら短い会話を楽しんだ。

もともと景子さんとは、私のお友だちというより、主人と仕事を通しておつきあいをするようになったのである。はるか昔のことだからはっきりは憶えていないが、たしか電通の仕事で、どこかの会社のコマーシャルの現場でご一緒したと思う。

そのころに、私たち夫婦は偶然竹下邸の近くに越してきた。景子さんがある日、拙宅の郵便受けに、諾否を問うご招待状を入れてくださった。夫は有頂天になり、先約をキャンセルして竹下邸に赴いた。

エプロン姿の景子さんの初々しさと言ったらなかった。小学生だった二人の坊ちゃんも留守がちのご両親に「お父さん」「お母さん」とこの時とばかりに甘えて大はしゃぎ。ご夫妻も「お父さん」「お母さん」と呼び合う大変仲睦まじいご一家であった。

お食事がまた美味しくて。なにしろ関口さんはグルメで有名で料理上手である。その日のお鍋もめっぽう美味しかった。その時の極上の出汁《だし》も関口さんがとったものらしい。

お子さん二人は決して大人の会話に口を挟まないように、同じ部屋のカウンター席に並んで掛けてお寿司を食べていた。ご夫妻の行き届いた配慮に感心させられた。

「本当は僕がやれば早いのに手を出せないこのつらさ」

と景子さんがなにか切って皿に盛ろうとした時に、もどかしそうに景子さんの手つきを案じているふりをする。洒脱な関口さんのおかげで会話も弾んで、極上の美味を堪能させていただいた。やがて食事が終わり、別室に通されてデザートをいただいた。私を取り巻くすべてがほんわかとした温かさに満ちていた。

あれから、信じがたいことに、二十年以上の月日が経過したが、あの夜の心のこもったおもてなしを私たちは忘れることができない。

差し上げる前に主人と私の本をお二人で買って読んでくださるほどのご好意を示していただいている。どれほど感謝してよいかわからないというのに、私はいまだにお二人を拙宅にお招きしていない。

ああ、それなのに、関口さんたら、「うちのが」といとも気軽に景子さんのことを呼んで、吾が夫の介護（などする必要はないほど治っているが）の手助けをしてくださろうとしている。

いくら私が大変であったとしても、そんなことを景子さんに私からお願いできるはずがないではないですか。関口さんって、本当にお人好しで面白い方です。

寂しくなりたくないから……

関口・竹下夫妻のお家同様、拙宅の近所に久松さんのお宅がある。久松さんは女優の故河内桃子《こうちももこ》さんの夫君である。どちらも拙宅と比べたら大きくて立派で瀟洒《しょうしゃ》なお邸だが、とてつもないというほどではない。

竹下邸は高い塀で囲まれているが、久松邸は庭に植えてある木々がよく見える。立ち止まってじっと目を凝らせば、道路側の部屋の中まで見透かせるかもしれないが、そんな不躾《ぶしつけ》な人はいまい。とても開放的で、河内さんをスターらしからぬ女性であると感じた。昔々のことだが結婚を報じる週刊誌だか新聞で、二人が戦前の華族さんの出であることがわかった。二人のお育ちが抜群に良いのは想像に難くないが、久松さんにも河内さんにも自分たちの暮らしを覗かれたくないという気持ちはなかったのかしら。

私はといえば、風通しと日当たりを重んじて、塀の代わりに木々を植え、目隠しの役目を担わせた。大方が常緑樹なのだが、でも秋以降はぐんと葉が落ちて自然の塀にたくさんの隙間ができて、ときどき拙宅の前の道路を歩く人と家の中にいる私の目がかち合ったりする。「こう開けっぴろげじゃ、奥さんとこは泥棒に入られませんよ」と、いつかお巡りさんに褒められたことがある。

河内さんの訃報に接したのは、二十年ぐらい前のことではなかったろうか。けっきょく河内さんとは会わずじまいであったし、久松さんともお話しさせていただくようになったのはここ二、三年のことである。拙宅から三、四分で行ける喫茶店兼イタリアンレストランは久松さんも常連客であって、そこでよくお目にかかるのである。

控え目で物静かで地味な方だが、なんとも感じのよい紳士である。初めのころはお互いに相手が誰かを認識しているにもかかわらず、微笑し合って目礼を交わすだけであった。会って微笑まれると、それだけでホッとこちらの気持ちも和んでくるような方である。こちらはそのレストランを、夫を必要とするマスコミ関係の人々の受け皿のように使っていたから、時には大勢の場合もあり、大声で話す連中も多くいて騒々しい客だったのに、久松さんはいつも離れた席でひっそりと食事をしていた。私と同い年の八十五歳なのに健啖《けんたん》でいらっしゃるな、と感心する。

彼は大きな車輪付きの酸素のカートが手放せない。夕方、疲れた様子でそれを引きずっている時などはとても痛々しく見えるが、あれだけ旺盛な食欲なのだから大丈夫であろ

う。まだ仕事を続けているようでそのカートと一緒に電車に乗って仕事場に行くようである。店のマスターによると、

「いま、日本橋にいるんだけど、これから帰るから夕飯はお宅で食べるよ。着くのは○○時くらいだな」

と電話がかかってくるという。

「せっかく都心にいるんだから、もっといい店で食べてくればいいのにね」

とマスターが嬉しそうに、そして得意そうに言う。

久松さんはときどき入院するが、そういう時もマスターに、

「病院の食事はまずくて、早く帰りたい」

と悲鳴をあげて電話をかけてくるそうである。この店を自宅のリビングキッチンのように思っているのかな。

奥さまを亡くして長い年月が経つのに女性の噂一つ立たない、と近所の人も言う。奥さま一筋に愛していた、愛してきたということなのであろう。遊び人とはほど遠い、生真面目な人である、というのは、長い間見てきた、そしていま、たびたび話す機会を持つ私にはよくわかる。

ところで、奥さまの生前も、お家以外で食事を摂るのは嫌いで、少なくとも夕飯ぐらい

はお家で食べたい、と強く望んでいたのかもしれない。

女優さんというハードな職業を持っていながら、お家以外で食事を摂るのが嫌いなご主人と暮らしていくのは、かなり疲れるしんどいことではなかったのかな、とよけいなことながら考えてしまう。

私の亭主は、外食嫌いではないし、サラリーマン時代の名残りで、たまに仕事で都心に出ると、必ずと言っていいほど人に誘われるか、誘うかして食事をし、その後銀座で一杯などということをしていたから、私は気楽で、夫の外出を心待ちにしていたけれど。大怪我をしたから、これからはそううまくはいかないかもしれない。

久松さんとはときどきお店でお話しするようになったが、道路の左右を各々に歩いて相手を見つけた時には、手を振って挨拶し、どちらからともなく車の走る通りを横切って、反対側に辿り着き、二、三分の会話を楽しむようになった。私と同い年の久松さん。長生きしてくださいネ。寂しくなりたくないから……。

「日本人は悪くないんだよ。墨子《ぼくし》を読みなさい」

朝、目覚めると八時半だった。隣を見ると夫は例のごとくに口を開けたまま、すやすやと眠っている。

「かったるいなあー」とため息が出るが、自分を奮い立たせるように服を着替えて、「今日も一日戦いだぞ!」と階下に下りた。

冷や飯をレンジで温めて卵をかけ、醬油《しょうゆ》をたらして口にかき込む。熱い煎茶をゆっくりと啜《すす》る。さ、そろそろ開始しようか、と洗濯機をまわしたり、昨夜散らかしたものを片づけてから、二階に上がった。

夫の顔を入り口から見ると、まだぐっすりと眠っているようである。どうやらもう一息つけそうだ、とベッドの端に座った途端、階下で「こんにちは」という声がして娘が階段を上ってきた。

娘は、「まだ寝てるの?」と言って、私がおしめを替えようとすると、「私がします」と言ってくれた。正直助かる。ありがたい。私は実母を介護していたが、その時から今まで四十年以上、週一で働いてくれていたお手伝いさんも、いま重病で入院しているのである。おしめを替えていた娘が、「あら、息をしてないみたい！　お腹《なか》は温かいのに」と言った。

「えっ」

二人とも飛び上がりそうになるほど動転した。

「早く電話してっ！　一一九番」

娘が怒鳴っている。私はおろおろしながら、なんとか一一九番に電話をかけた。娘は夫に跨がって、必死で人工呼吸をしている。

私は受話器に向かって、言葉を発した。

「息が止まってしまいました」

「蘇生させたいですか？」

「当然です」

大声で答えると、ものの三分くらいで三人の救急隊員さんが人工呼吸器を持って現れ、すぐさま一人の人がベッドに駈《か》け上がり機械を使って全身の力を込めてマッサージしてくれている。

三人が交代しながら、かなり長時間やってくれたが、そして下半身はまだ温かいのに、呼吸は戻らなかった。

「ご愁傷さまでした」

救急隊員に頭を下げられた。

「ありがとうございました」

私たち二人も深々と頭を下げた。

救急隊員が去ったあと、娘と二人でしっかりと抱き合って大声で泣いた。妙な表現になるが、何かドデカイことを成しとげた直後のような興奮に、二人とも包まれているようであった。そうなってもまだ私自身は夫が死んだと実感できずにいた。

五日前まで夫は歩いてトイレに行き、用を足していたというのに……。もちろん私が彼の後に立って両手で腰の後ろを押すように支えてはいるのだけれど。

暮れの二十九日ごろから急に夫の体から力がなくなっていった。正月に入っても一週間ぐらいは頑張っていたのに、とうとう立てなくなってしまった。食欲も落ち、あっと言う間に痩せ細った。

そもそもは、令和元年（二〇一九）八月にさかのぼるが、夫は大腿骨を骨折したのである。大酒飲みだが二日酔いはほとんどしたことがない。それが自慢であったのに、酔って転んで、骨折したのだ。

救急車で病院に搬送された夫は、最初の手術がうまくいかなかったにもかかわらず、つまり骨がつかなかったのに、しばらくするとリハビリ病院に転院することになった。リハビリ病院では、夫が「痛い」と何度も訴えていたのに、執刀医に診せるわけでも、レントゲンを撮るでもなく、ただただリハビリを続けさせられた。そして、まったくよくならないのに、二十五日ぐらい入院して、退院させられた。

退院してから執刀医に診察を請い、再手術をし、ようやく立てるようになり、歩けるようになった。別のリハビリ病院でリハビリをしたが、そこでは妙な異物を飲み込んで、食道を傷つけて大下血するというハプニングがあった。

まったく夫の入院生活は病魔に憑《つ》かれっ放しだったのである。やっと悪運から解き放たれて、無事に歩けるようになってから、夫は吾が家に戻ってきた。

十ヵ月ほどの入院は彼を徹底的な病院嫌いにさせた。それでも去年の晩春に退院してから一ヵ月くらいは、リハビリの先生に通ってもらって、リハビリに励んでいた。そのころにはゲラを読んだりもしていて、つかの間のいい時間ではあった。

が、肝腎《かんじん》の六月は雨降りばかりで外歩きの練習ができなかった。自宅の階段を上ったり下りたりしなさい、と命じたが、先生がいないとなかなかしない。筋肉が育たないとすべての負担が心臓にかかってくる。

それで年末になって心臓が悲鳴をあげて、急激に病状が悪化したのではないだろうか。

夫は自分の死が近いことを予期していたと思う。

「コロナの時代に一つだけいいことがあるとすれば、派手な葬式を誰もやらなくなったことです。どうか私が死んだときも、大げさなことは一切しないでください」

と何度も繰り返して言っていた。

彼は夫としては優等生であった。あんなに私を大切にして愛してくれた人はいない。

ほんの四日間だけ、下の世話を私にさせたことを、「もったいない」と嗚咽《おえつ》を堪えながら、

「あなたにこんなことをさせるなんて思ってもみませんでした。申し訳ありません。あなたより先に逝ってしまうことも、本当に済みません」

と頻りに詫びるのであった。

亡くなる日の真夜中、明け方だったかもしれない。

「起きてる？」

珍しくも主人の方から声をかけてきた。

「えっ」と飛び起きて、私は夫の枕元にしゃがんだ。

「なに？」

「日本人ってみなが悪いと思ってるだろ？」

「うん、私も悪い奴だと思ってるわ」

私がそう答えると、

「日本人は悪くないんだよ」

と言う。そして、

「墨子を読みなさい。二千五百年前の中国の思想家だけど、あの時代に戦争をしてはいけない、と言ってるんだよ。偉いだろう」

そう言って、また静かに眠りについた。

これは私への遺言であったのか。それとも私を通して少しでも多くの人に伝えたかったのだろうか。

良識ある日本人に、戦争の恐ろしさを語り続けた彼のベッドサイドテーブルの上には、今でも『墨子よみがえる』（平凡社新書）という自著が置かれている。

あとがき

この本の元になる連載エッセイの記事を、講談社の横山さんに手渡してくれたのは、亡き夫であった。二年前の令和元年（二〇一九）の晩春、あるいは初夏ではなかったか。冷暖房の要らない爽やかな午後であったように記憶する。

「いま大きな仕事を抱えているので、それが済みしだい、こちらにとりかかりますよ」と横山さんは言った。

「なぁに、本なんてやり出せば早いんですよ。今年中にはできると思います」とも言っていた。彼の言葉に「本当に本って早く作れるんだなあ」と思った。夫は以前、出版社に勤務していたが、私は素人だから横山さんの言葉を額面どおりに受け取って、ルンルン気分でいたのであった。

ところが現実には、そうは問屋が卸さなかった。出版を待ちかまえていたかのごとくに目の前に二つの大きな障壁が築かれたのである。

ひとつは本文でも再三ふれた夫の大怪我であった（この「あとがき」を含め、叙述の重複はお許しいただきたい）。その年の八月に夫は大腿骨骨折をした。私たちはあわてふためいて救急車を呼び、自宅から比較的近い自衛隊中央病院に受け入れてもらった。

長寿社会に比例し高齢者の怪我人が増えているときく。不安は募る一方であったが、ベッドに横になっていさえすれば、痛がったり苦しがったりしなかったのが、せめてもの救いであった。

病室が決まり、手術も三日後と決まった。部屋は明るくきれいであったが自宅にいる安堵感とはほど遠かった。これからずっと緊張感のとれない暮らしを強いられるのはさぞつらかろう。心が痛んだ。

「神さま、どうぞ手術が成功しますように」と跪いて祈りたい気持ち。この時、私の頭の中からは本の出版などはすっかり消え去っていた。

もう一つの大きな障壁は年明けからのコロナであった。出版社でも打ち合わせができなかったり、在宅勤務を余儀なくされたりして、開店休業とまではいかなくても一時は本づくりの仕事も著しく停滞したらしい。

夫の方は無事手術を終え、その直後からリハビリが始まった。まずは快調のようであった。そのうち病院の連携部という部署から連絡が入り、「そろそろ退院してリハビリ専門の病院に移っていただきます」と三、四軒の病院の見学を命じられた。

そのうちの一つに転院したが、夫とはまったく合わなくて、とても不愉快な、否、それ以上に危険な思いをさせられた。夫が再三痛みを訴えているのに、レントゲンを撮るでなし、執刀医に診せることもなく、入院期限（三ヵ月）が近づいてきたら、治ってもいないのに退院させられた。退院後、執刀医に見せたら、骨がついていなかったというではないか。

再手術をしてこんどは別のリハビリ病院に入院した。このころの夫は不運につきまとわれっ放しであった。その病院でも妙なもの（ビニールの切れ端か）を飲み込み、それが凶器となって食道を傷つけ大下血をした。また、コロナが一段と猛威をふるい、見舞いも禁止となった。どんなに病人は寂しく感じ、心細かったことだろう。

ようやく退院できたのは四月であったろうか。一ヵ月間リハビリの先生に来てもらって自宅でリハビリをした。でも六月が雨ばかりで外歩きの練習をせねばならぬのにほとんどできなかった。家の中の階段の上り下りで筋肉を鍛えなさいと命じてもなかなかやらない。思えばそれが祟ったのであろう。

それでも自宅にいる数ヵ月はゲラを読んだり、短文を書いたり、疲れると横になったりしてのんびりと気持ちよさそうに暮らしていた。てっきり快方に向っているものと思っていた。

それが暮れも押し詰って日本中が休みになったころから急に彼の勢いがなくなった。それでも死に至る病に罹っているとは思わなかった。私は栄養剤の入った流動食を食べさせたり、少しでも歩かせようとしたりで懸命であった。

出版どころの話ではなかった。しかし、夫は横山さんに催促の電話をかけてくれていたのだ……。


この本『硝子戸のうちそと』がようやく日の目を見たのは、たった今、令和三年四月の末である。それも普通のエッセイ集としてでなく、夫を追悼する本として出版されるのである。まったく思いもよらぬことであった。

私など漱石なしでは世間をまかり通れない。だからこの本の始めも、これまでの著書同様に漱石と漱石夫人にまつわるエッセイで埋められている。読者に「またか！」と思われそうで気が引ける。残りは私の身辺に起きたさまざまのことを一文にまとめたものである。これも毎度おなじみちり紙交換のようなものである。ただ本書では、いまや亡き夫がところどころに顔を出し、最期の日々が綴られるのである。彼の声、仕草、喋り方などがゲラを読むうちに懐かしく思い出されて涙がこみ上げてきて困った。

夫の訃報が伝えられた時、全部の新聞が「夫人は漱石の孫」と記していた。夫の業績とはなんの関係もないのに。これは少しおかしいのではないか、と私は思う。

彼は私を置いて自分が先立つことを頻りに詫びていたが、逆に身のまわりのことはなにもできない彼が一人残されたら、どんなに本人も周囲も困ったことであろうか。

さいわい私は、神経が細いながらも丈夫で、体も年の割にはしっかりしたほうである。でも一人で生きていくのは並のことではあるまい。できたら早く夫の元に行きたいと思う。なんでも自分でできるうちに、少なくとも呆けずに、そして大切なことだが、足が達者で歩けるうちに逝きたいものである。

もし来世があるなら、私はまた夫のようにぴったりと気の合う、優しい人と結ばれたいと切望している。

最後になりましたが、この本をお作りくださった横山建城さんと『サンデー毎日』の向井徹さんには心からお礼申し上げます。また『味覚春秋』の田中美奈子さんにも長い間連載をさせていただきましてありがとうございます、とお礼を申し上げたいと思います。

令和三年（二〇二一）四月

半藤末利子

初出一覧

『味覚春秋』（株式会社　味覚春秋モンド）一九九七年六月号〜二〇二〇年十・十一月合併号掲載分より抜粋。『サンデー毎日』（毎日新聞出版）二〇二一年二月二十八日号。単行本化にあたり改稿、加筆、表記の整理など再編集がなされています。

◎漱石山房記念館

「整備検討会にて」二〇一五年九月号
　＊「暑すぎる今年の夏」を改稿、改題
「素晴らしい建物を前に」
　二〇一七年十月号および十一月号
　＊「漱石山房記念館１・２」を併せて改稿、改題
「女傑」二〇一八年十一月号
　＊「祖母夏目漱石夫人鏡子」を改稿、改題
「鏡子さんは味音痴」二〇一七年一月号
「ドラマ「夏目漱石の妻」」二〇一六年九月号
「綺麗四題」
　二〇一六年十一月号および二〇一七年七月号
　＊「正直者鏡子さん」「祖母鏡子の美意識」を併せて改稿、改題
「筆子と恒子」
　二〇一六年四月号および二〇一七年二月号
　＊同題二稿を併せて改稿

◎一族の周辺

「漱石とジャム」二〇一六年三月号
「忠犬マル公」二〇一八年二月号
「漱石は犬派である」二〇一八年三月号
「猫の出産」二〇一七年四月号
「日本一贅沢な大音楽会」二〇一七年六月号
「こそ泥と夏目家」二〇一八年六月号

◎硝子戸のうちそと

「雀とネズミ」二〇一五年七月号
　＊「雀とねずみ」改題
「びわとカラス」二〇一三年八月号
　＊「びわとからす」改題
「瑠璃茉莉」二〇一八年五月号
　＊「瑠璃祭」改題
「断水」二〇〇二年七月号
「冷蔵庫の買い替え」二〇一八年七月号
「家屋解体」二〇〇八年五月号

「真相は藪の中」二〇〇八年三月号

◎まちと仲間と

「柚子とうがらし」二〇〇三年五月号
「鈴木さんのお弁当」一九九七年六月号
「クリーニング屋さんのこと」二〇一六年七月号
「気になるばあさん」二〇〇〇年四月号
「逞しい女性」二〇一四年五月号
「合縁奇縁《あいえんきえん》」二〇一九年一月号
「珍妙な晩餐」二〇一六年二月号
「祝・人間国宝」二〇一五年十一月号
「菊池寛賞受賞のこと」二〇一六年一月号

◎人みな逝く者

「仏壇じまい」二〇一六年十二月号
　＊「仏壇閉い」改題
「長生きするのも楽ではない」二〇一七年九月号
「逆縁」二〇一五年五月号
　＊「お悔み」改題
「お絹さん」二〇一七年三月号
　＊「お悔み」（同題あり）改題
「悼・鈴木先生」二〇一八年四月号
「従姉との別れ」二〇一八年十二月号

「あと何年」二〇一九年二月号
　＊「年頭にあたって」改題

◎年を取るということ

「東横線と井の頭線」二〇一四年九月号
「鈴木三重吉という人」二〇一六年八月号
「塔子ちゃん」二〇一六年十月号
「治子さんと対談」二〇一五年六月号
「歯痛との闘い」二〇一五年十月号
「しつこい風邪」二〇一八年一月号
「たった一人の夜」二〇一七年十二月号

◎夫を送る

「退院の日の大騒ぎ」二〇一六年六月号
「つきあいきれないバカ男」二〇一九年十月号
「夫の幽霊」二〇一九年十一月号
「リハビリ」二〇一九年十二月号
「いちばん好きなものは」二〇二〇年一月号
　＊「一番好きなものは？」改題
「再手術の宣告」二〇二〇年二月号
　＊「再手術」改題
「肺炎のおかげ（？）」二〇二〇年三月号
　＊「再手術（二）」改題

「エレベーターとおつかい」二〇二〇年四月号
「魔の日曜日」二〇二〇年五・六月合併号
「関口さんとうちの」二〇二〇年八・九月合併号
「寂しくなりたくないから……」
　二〇二〇年十・十一月合併号
　＊「お友達」改題
「「日本人は悪くないんだよ。墨子《ぼくし》を読みなさい」」

　『サンデー毎日』二〇二一年二月二十八日号

装丁　桂川潤

著者：半藤末利子（はんどう・まりこ）
エッセイスト。1935（昭和10）年、作家の松岡譲と夏目漱石の長女筆子の四女として東京に生まれる。1944（昭和19）年、父の故郷である新潟県長岡市に疎開、高校卒業まで暮らした。早稲田大学芸術科、上智大学比較文化科卒業。夫は昭和史研究家の半藤一利。六十の手習いで文章を書きはじめる。夏目漱石生誕150年の2017（平成29）年、新宿区立漱石山房記念館名誉館長に就任。著書に『夏目家の糠みそ』『漱石夫人は占い好き』『夏目家の福猫』『漱石の長襦袢』『老後に乾杯！ ズッコケ夫婦の奮闘努力』『老後に快走！』がある。

硝子戸《ガラスど》のうちそと

2021年４月26日 第１刷発行
2021年10月25日 第７刷発行

著　者　半藤《はんどう》末《ま》利《り》子《こ》
発行者　鈴木章一
発行所　株式会社講談社
〒112-8001 東京都文京区音羽2-12-21
電話　出版03-5395-3504
販売03-5395-5817
業務03-5395-3615

印刷所　株式会社新藤慶昌堂
製本所　株式会社国宝社

KODANSHA

ISBN978-4-06-523551-5

N.D.C.914　268p　19cm

万葉学者、墓をしまい母を送る

上野 誠 著

お母さん。しばらく、奈良に来んね。
よか病院のあるとよ。

現代万葉研究をリードする学者は、故郷福岡の墓をしまい、老いた母を呼び寄せ、七年のあいだ介護して見送った息子でもあった……。体験と学問を軽妙な筆致で往来し、死について深く考えた、真の「エッセイ」。

定価：一五四〇円（税込）
※定価は変更することがあります

「昭和」を点検する

保阪正康＋半藤一利　著

なぜ、あの無謀な戦争に突入したのか？
五つのキーワードがあぶり出す日本人の弱点。

「世界の大勢」「この際だから」「ウチはウチ」「それはおまえの仕事だろう」「しかたなかった」。これらの言葉から、いったいなにが見えてくるのか。昭和史研究の第一人者が、いまの時代にどうしても語っておきたかったことを凝縮した珠玉の対論。

講談社現代新書
定価：七九二円（税込）
※定価は変更することがあります

人間であることをやめるな

半藤一利　著

国家そのものが大転換期にある。先行きは不安ばかり。
そうした「行き止まり」のときに、
日本人は、とくに若い人たちは、どう生きたらいいのか。

「歴史に学ぶ」とはどういうことか。著者がものした数多くの文章や講演から、そのエッセンスを四つのポイントに集約。明治の将星のもった国際情勢へのリアリズム、石橋湛山が説いた「理想の力」への信頼、昭和天皇の懊悩への理解、そして墨子と宮崎駿にある平和への問い。昭和史研究の第一人者が残した軽妙にみえて重い教訓のことば。

定価：一四三〇円（税込）
※定価は変更することがあります